悪役令嬢の役割は終えました2

登場人物紹介
ヴォルフ
副騎士団長。
レフィーナの婚約者。
無骨だが、レフィーナには
とことん甘い。
レフィーナ
神様に妹の命を
救ってもらう代わりに
異世界に転生した元悪役令嬢。
侍女として働きながら
庶民ライフを満喫している。

ドロシー
王太子妃。レフィーナが
悪役を演じたことで
レオンと結ばれた。
レオン
王太子。レフィーナとの
婚約を破棄して
ドロシーと婚約する。
レナシリア
レオンの母。王妃として
厳しい一面を持つが、
心根は優しく温かい。
クレア
レフィーナの世界を
作った女神。
大昔、人間に干渉するという
禁忌を犯した。
メラファーリル
レフィーナの
前世の世界を作った神。
レフィーナを転生させた張本人。

目次

悪役令嬢の役割は終えました２

ガタリと馬車が大きく揺れて、中に乗っていたミリー・トランザッシュはグッと眉間に皺《しわ》を寄せた。

公爵家の娘として生まれた彼女には質素な馬車の硬い椅子は耐え難いものだ。だが、それに文句を言える立場ではなくなっていた。

紅く色づく唇を噛み締めて対面に座る二人の男に視線を移す。

一人は自分が利用していた裏稼業《うらかぎょう》の組織の頭であるベルグ。もう一人はアードとかいう名の騎士で、ミリーが嫌う副騎士団長ヴォルフ・ホードンの同期であり部下でもある。

視線に気づいたのか、ベルグがこちらに視線を投げて口を開いた。

「どうしたんだ？　まだなんか文句があんのか？」

ふう、と呆れたようにため息まじりに言われて、ミリーはカッと頭に血が上《のぼ》る。

この男が裏切らなければ、あの計画がうまくいっていたのだ。王太子レオン・ロート・ベルトナの妃となったドロシーを亡《な》き者にする計画が。

イライラとする気持ちをぶつける場所もなく、ミリーはこうなった経緯を思い返す。

そもそもの始まりは、元々レオンの婚約者であったレフィーナ・アイフェルリアがその座から降ろされ、さらに公爵家から追い出されたことだった。

レオンの……いや、王太子妃の座を狙っていたミリーにとって、それは嬉しい出来事だった。自分の嫌がらせなどものともせず、ただひたすらに居座っていた図太い令嬢が自ら品位を落として勝手に消えていったのだから。

あとは自分がその後釜《あとがま》に収まるだけ。そう思っていたのに……その座を得たのは自分ではなく、レフィーナがいじめていた侯爵令嬢のドロシーだったのだ。

それだけでも苛《いら》ついたというのに、さらに予想外だったのは公爵家を追い出され城で侍女として働かされていたレフィーナが、なぜか評判を回復していったことだった。

「忌々《いまいま》しい……」

そこまで思い出してミリーは思わず呟く。その声は車輪の音に紛《まぎ》れて二人の男には聞こえなかったらしく、何か言われることはなかった。

ミリーは目を閉じて、さらに思考する。

レフィーナのいい噂が聞こえてきた当時、ミリーは首を捻《ひね》ったが、すぐにそれはレフィーナの策略だと思いあたった。社交界で毒花とまで呼ばれた彼女がすぐに改心するわけがない。噂では、あの犬猿《けんえん》の仲であったヴォルフとまでも和解したという。

それを聞いて、ミリーはレフィーナを利用しようと考えた。新たに邪魔な存在となったドロシーを消すために。だからレフィーナが街へと出かけたとき、取引を持ちかけようと会いに行った。

さぞ不満が溜まっていることだろう。そして、きっと今の状況を変えるために何か企んでいるに違いない。そう信じて疑わなかった。それなのに……

令嬢でなくなった彼女は、まったく別人になっていたのだ。苛烈《かれつ》でレオンに拘《こだわ》っていたはずのレフィーナは、もうどこにもいなかった。

結局、取引もうまくいかなかったばかりか、レフィーナに言い負かされ、さらには一緒にいたヴォルフにまで侮辱《ぶじょく》されて帰るはめになったのだ。

公爵家に生まれ、父に甘やかされ、欲しいものはいつだって手に入れてきた。自分を邪魔するものや、手に入れたいものを奪うものは消すだけ。

父に言われて一時はなりを潜めたが、その間にレオンとドロシーは夫婦となってしまった。それだけではなく、レフィーナがかつていじめていたはずのドロシーと和解しており、彼女の専属侍女に抜擢《ばってき》され、さらにあのヴォルフと恋仲になっていた。

邪魔なドロシーと自分を怒らせたレフィーナ。その両方を消すしかない。

そう思い立って、このベルグを使って新婚旅行中のドロシーと、お付きのレフィーナを誘拐させた。

上手くいったと連絡が来てその場に駆けつけると、すべてが罠《わな》だった。ベルグはすでに自分を裏切り、この誘拐はミリーを捕らえるためのものだったのだ。

何一つ自分の思い通りにはならず、あの優しかったレオンにさえ見放された。父の悪事も暴《あば》かれ、ミリーは令嬢ではなくなり、使用人の墓場とまで呼ばれるダンデルシア家に送られることになったのである。

欲しいものを手に入れるどころか、すべてがこの手からこぼれ落ちていってしまった。

「ミリーちゃん、もうすぐ着くよ〜」

不意にかけられた言葉にミリーは顔を上げる。声の主であるアードは、窓に取り付けられた布の隙間から外を見ていた。

ミリーの位置からも外の景色が見える。この馬車に乗り込んでから初めて見た外は、眩《まぶ》しいくらいの快晴だ。

今頃、レオンたちもこの空を見上げて笑い合っているのだろう。そして、その輪の中にはきっとレフィーナも含まれている。

自分と同じだと思っていたのに、彼女は皆に許され、大切な人もできていた。最後に見た、寄り添い合うレフィーナとヴォルフの姿がなぜか脳裏に焼きついている。

「ふふ……」

「なんだぁ？　もうすぐダンデルシア家に着くってのに、笑うなんて……またなんか企んでるのか？」

「うるさいわね。何も企んでなんていないわ」

疑わしい目で見てくるベルグを鼻で笑って、また外に視線を戻す。

お互いを信頼し、同じ気持ちを共有し合う恋人たちが、素直に羨ましいと思ってしまった。地位に固執《こしつ》していた自分が、何もかもなくしてからそんなものが羨ましくなったことが可笑《おか》しくて、ミリーは口端を引き上げる。

そして彼女はそっとマゼンタの瞳を細めて、晴れ渡った空を見つめたのだった――……

◇

「随分と遠くに来たわね……」

馬車の窓から外を眺めていたレフィーナは、そう呟いた。

先ほどレオンとドロシーの新婚旅行先である隣国プリローダの王都に到着し、馬車は城に向かっている。流れていく景色を緋色《ひいろ》の瞳に映しながら、レフィーナはまた呟く。

「……あっちの世界もいい天気かな……」

レフィーナとしてこの世界に生まれる前、彼女は天石雪乃《あまいしゆきの》という一人の日本人だった。

唯一の肉親である妹の空音《そらね》が交通事故に遭い命を失いかけていたとき、雪乃の前に神の使いを名乗る妖精アレルが現れた。そして、妹の命を助ける代わりに、異世界でレオンとドロシーの仲を取り持ってほしいという神からの言葉を告げたのだ。雪乃は空音の命が助かるならば、とそれを受け入れた。

役割を果たすためにこの世界にレフィーナとして転生したとき、あちらの世界の雪乃という存在は消えてしまった。誰よりも大切で愛しく思っていた空音の記憶からさえも。

それでもレフィーナは悪役を演じ切り、己の役割を果たした。レオンとの婚約が破棄され、公爵家からも追い出されたのだが、そこから城で侍女として働くことになったのは予想外だったな、と思い返してレフィーナはクスリと笑う。

するとと、笑い声が聞こえていたのか、隣に座るアンに話しかけられた。

「レフィーナ、どうかしたの？」

「あ、いいえ。侍女になったばかりのときのことを少し思い出して……」

「そうなの。……そう言えば、私はレフィーナが侍女になったばかりの頃を知らないわね」

アンは元々ドロシーが侯爵家にいたときに仕《つか》えていた侍女で、輿入《こしい》れとともに城にやってきた。

そのため、レフィーナが侍女になったばかりの頃は城にいなかったのだ。

「ねえ、城に来たときはどんな感じだったの？」

興味津々な様子でアンが尋ねてきた。それにレフィーナは苦笑いを返す。

城に初めて来たとき、使用人たちの態度は冷たかった。もっともレフィーナは、社交界で毒花などと呼ばれていたのだから仕方ないと思って、気にも留めなかったが。

ただもう演技する必要はなく、素で過ごしていくうちに、周りの態度も変わっていった。イメージが改善したのは侍女仲間で同室だったメラファのおかげでもあったのだが、実は彼女の正体は雪乃と契約を交わした神で、色々フォローしてくれたのだった。

それに、ずっと気がかりだった空音に会わせてくれたり、レオンとドロシーをくっつけたかった本当の理由なども教えてくれたりした。

「レフィーナ？　聞いてる？」

考え事に集中しすぎて返事がおろそかになっていた。首を傾げているアンにレフィーナは慌てて口を開く。

「すみません……えーと、城に来たときは皆さん扱いづらそうでしたよ」

「そ、そう……」

正直に伝えると、アンの口端が引きつった。返事に困る回答だったのかもしれない。

「あ、でも社交界で毒花なんて呼ばれていたから仕方ありませんよ。それに一緒に働く内に打ち解けられましたから」

そしてそれは使用人だけではなく、令嬢の頃は犬猿《けんえん》の仲だったヴォルフともだ。怪我を心配してくれたり、街でミリーの手下に追いかけられたときには助けてくれたりした。

またヴォルフは、レフィーナが異世界からの転生者であることを知っている唯一の人間でもある。

当時は雪乃という存在が完全に消えてしまうのが怖くて、レフィーナとして生きる決心ができなかった。そんな気持ちを汲《く》み取った神がヴォルフにすべてを話したのだ。雪乃のことも、この世界に転生した理由も。

すべてを知ったヴォルフが、雪乃のことを覚えていてくれると言ってくれたからこそ、ようやくレフィーナとして生きる決意ができた。それにそれだけではなく、彼は自分を好きになってくれたのだ。

初めての告白は酔っ払って忘れられてしまったが、レフィーナが風邪を引いて寝込んだとき、付きっきりで看病してくれた。そして、もう一度気持ちを伝えてくれて、レフィーナもまた同じ気持ちを返したのである。

「幸せそうな顔しちゃって。ついでにヴォルフ様との馴《な》れ初《そ》めでも思い出してたんでしょ」

「うっ……い、いえ」

「いいわよ、隠さなくて。あんな素敵な人と恋人になれたなら、誰だってそんな顔になっちゃうわよ」

その言葉にレフィーナは恥ずかしくなって、話題を変えるように口を開いた。

「も、もうすぐお城に到着しそうですよ。長旅でしたし、ミリー様の一件もありましたから、さすがに疲れましたね」

急に話を変えられたアンは小さくため息をつきつつも、それに合わせてくれる。

「……そうね。でも、歓迎の舞踏会があるみたいだから……まだ休めないわね」

「ええ。ドロシー様もお疲れでしょうが……」

「まあ、仕方ないわ。王太子妃として招待されているのに出ないわけにはいかないから。それに、レフィーナも久々の舞踏会でしょう？」

「……え？」

「もしかして、聞いていないの？　レイ殿下のご意向で、レフィーナも舞踏会に参加することになっていたはずよ？　そのエスコートにヴォルフ様も参加するはずだけど」

舞踏会に自分も出ることを今知ったレフィーナは、ポカンとする。そして、少し焦り始めた。

舞踏会はかなり久しぶりだし、何よりドレスなんて持ってきてない。

「ドレスも持っていないのに、参加なんて……」

「あぁ。それは大丈夫よ。心配しなくていいわ」

アンの言葉にとりあえずドレスの心配はなさそうだ、と胸を撫《な》で下ろす。誰がいつ用意したのかは気になるが、それを問う隙もなくアンが話を続けた。

「それよりも、レフィーナ。あなた、ヴォルフ様に誕生日のこと言ったの？」

「……あ……」

完全に忘れていた。誕生日のことも、それをヴォルフに伝えることも。

忘れていたというのもあるが、わざわざ明日は誕生日なんです、というのも……なんだか話しにくい。

「仕方ないわね」

呆れた声を出したアンが、馬車の小窓を開けた。そこから外を窺《うかが》い、声を上げる。

「ヴォルフ様！」

「えっ！」

「……どうかしたか？」

近くにいたのか、ヴォルフがレフィーナたちの馬車の横に来る。ヴォルフは馬に乗っているので、レフィーナの座る場所からは彼の顔は見えない。

「レフィーナ、明日が誕生日ですよ」

「………へぇ……」

さっくりとアンがレフィーナの誕生日を教えると、いつもより低いヴォルフの声が聞こえてきた。

「それは初耳だな」

「それで、明日はレフィーナは休みなので、二人で出かけたらどうですか？」

「……なるほど。それで、レオン殿下が……」

事前に明日の休みを言い渡されていたらしいヴォルフが、アンの話に納得したような声を出した。

どうやらドロシーとレオンで、レフィーナたちの休みを合わせていたらしい。

「では、そういうことなので。ほら、レフィーナも何か言ったら？」

「あ、え……あの、舞踏会はエスコート、お願いします……？」

急にアンにふられたレフィーナは、焦って、あんまり関係のないことを口走ってしまった。

そんなレフィーナに、二人が揃ってため息をつく。

「レフィーナ……今は明日の話よ……」

「うっ」

「……まあ、今夜はしっかりエスコートしてやる」

「は、はい……お願いします……」

呆れた様子の二人にレフィーナは、そっと視線を逸らした。もう一度ため息をついたアンが、ヴォルフに挨拶をしてから静かに窓を閉める。

「レフィーナ」

「な、なんですか？」

「今日はとびきり着飾って、ヴォルフ様を喜ばせてあげなさい。というか、絶対綺麗に着飾らせるからね」

何やら急にやる気になったらしいアンが、ずいっとレフィーナに顔を寄せながらそう言った。

レフィーナはそんなに気合を入れるつもりなんてなかったが、彼女の剣幕にコクコクと何度も首を縦に振るしかなかったのだった。

◇

無事にプリローダの王城に着いたレフィーナたちは、国王への挨拶を終え、夜に行われる歓迎の舞踏会の準備をしていた。

ドロシーの準備を終えたところで、アンが片付けをしていたレフィーナに詰め寄る。

「さぁ、レフィーナ！　次はあなたの番よ！」

「レフィーナ様のドレス姿をまた見られるなんて嬉しいです。とってもお綺麗なんですもの」

「ドロシー様……」

「アン、あのドレスを持ってきてくれる？」

「はい」

両手を合わせて嬉しそうに微笑んだドロシーが、アンに指示を出す。アンはすぐに一着のドレスを持ってレフィーナのところへ来た。

真新しいそれは、濃い赤紫色の肌触りのいい生地をたっぷりと使って作られており、フリルやレース、腰の辺りにつけられた花飾りは黒色でドレスを引き締めている。

令嬢だったときはピンクや黄色などの華やかなドレスばかりだったので、今回のドレスは随分と落ち着いていて大人っぽく感じた。

「明るいお色のドレスもお似合いでしたけど、このドレスも絶対に似合うと思います！」

「このドレスはドロシー様からの誕生日プレゼントよ」

「あ、ありがとうございます」

「さぁ、レフィーナ、準備するわよ！」

張り切るアンに、レフィーナは少したじろぎながらも頷いた。ドレスは一人では着られないので、彼女に手伝ってもらうしかないのだ。

久しぶりにコルセットでギュウギュウと締められ、重たいドレスを着たレフィーナは、着終える頃にはぐったりとしていた。侍女になってからはコルセットをきつく締めることも、重たい服を着ることもなかったのだから疲れるのも仕方ない。

「久しぶりのコルセットは……中々……」

「あまり締めすぎると苦しいだろうから、これでも緩い方よ」

「レフィーナ様！　とってもお似合いです！」

「ありがとうございます、ドロシー様」

黒色のレースでできたロンググローブをつけたレフィーナの両手をぎゅっと握りながら、ドロシーが嬉しそうに微笑む。レフィーナは可愛らしい笑みを浮かべる彼女につられて、ふわりと口元を綻《ほころ》ばせた。

「レフィーナ様……その笑顔、とっても可愛いです」

「綺麗に着飾ってそんな笑みを向けられたら、男性なんてバタバタとレフィーナに落ちるわね」

「？」

よく意味が分からず首を傾げると、アンが苦笑いを浮かべた。

「まぁ、ヴォルフ様がガードするだろうから、分からなくてもいいわね。さぁ、次はお化粧よ」

「それは自分で……」

「駄目よ！　レフィーナはお化粧が上手だけど、今日くらいは私に任せて！」

「……はい……」

化粧品を持ったアンに強く言われて、レフィーナは大人しく椅子に座る。すると、すぐに正面にアンが立って、化粧を施《ほどこ》し始めた。

「きめ細かい肌……。元がいいから、そんなに濃くしなくてもいいわね。うらやましい」

アンはそう言いながら、バランスを確認しつつ手早く化粧を終える。唇を赤く色付かせる口紅が、どことなく色っぽい。

化粧を終えたレフィーナにアンとドロシーが揃って、満足そうな息をつく。そして、アンが今度はレフィーナの亜麻色《あまいろ》の髪を触り始めた。

「……はい、完成よ」

「レフィーナ様！　完璧です！」

「かなり大人っぽくなったわね」

美しいドレスに綺麗に整えられた顔、きちんとアップにされた髪。

公爵令嬢だったとき以来のドレスアップした姿だが、鏡に映った自分は、あの頃よりも随分と穏やかな表情をしていた。

「……このドレス、素敵ですね。ありがとうございます、ドロシー様」

公爵令嬢のときは嫌々、派手なドレスを着ていたが、このドレスは落ち着いていてレフィーナの好みに近い。

用意してくれたドロシーに感謝の言葉を伝えると、彼女はにっこりと笑みを浮かべた。

「さぁ、そろそろレオン殿下たちも用意を終えた頃でしょう。ドロシー様、レフィーナ、会場に向かいましょう」

「そうね。レフィーナ様、参りましょう」

「はい。……ドロシー様、舞踏会では私のことは呼び捨てでお願いいたしますね」

扉に向かったドロシーに、レフィーナはそう声をかけて注意を促した。振り返った彼女は一瞬きょとんとしたものの、すぐに頷く。

こういった舞踏会などの公《おおやけ》の場では、レフィーナとドロシーの立場をはっきりとさせておかなければならない。

「はい。分かりました」

「……では、向かいましょう」

レフィーナたちが部屋の外に出ると、扉の前にいたプリローダの騎士が一礼した。

「会場までご案内いたします」

「……ああ、よかった。入れ違いにならなかったね」

騎士が会場まで案内しようとしたタイミングで、レオンとヴォルフが廊下の奥から現れた。

レオンは白い生地に金の装飾が施《ほどこ》された、美しく豪華な服をきちっと着こなしており、まさしく王子様、といった出で立ちだ。

ヴォルフは正式な場で着る騎士服で、レオンとは真逆の黒色の生地に、装飾は赤色だ。

ドロシーはレオンを見ると、ぱっと顔を輝かせて歩み寄った。レオンはそんな彼女を優しい笑みで迎え、ちらりとレフィーナを見る。

ミリーの一件の後、レフィーナがわざと自分との婚約を破棄させたと知ったレオンは、まだ気持ちの整理がつけきれていないのか、複雑そうな表情だ。そんな彼にレフィーナが頭を下げるが、すぐに視線を逸らされた。

「レフィーナ」

「ヴォルフ様」

レオンとドロシーを眺めていたレフィーナは、すぐ近くに来たヴォルフに名前を呼ばれて、そちらに視線を移した。

甘さと熱っぽさを含んだ金色の瞳に見つめられて、レフィーナの頬が瞬時に熱を持つ。

「綺麗だ」

「あ、ありがとうございます」

微笑みながらそんなことを言われ、さらに頬を染めるしかない。恥ずかしくなって視線をさ迷わせていると、レオンに寄り添ってこちらを見ていたドロシーとばちりと視線がぶつかる。

ドロシーににっこりと笑みを向けられ、さらに恥ずかしさが増し、レフィーナは俯くしかなかった。

「……舞踏会になんか行かせたくないな」

「駄目だよ、ヴォルフ」

照れるレフィーナを見て締まりのない顔をしていたヴォルフに、レオンがいささか呆れたように声をかけた。その言葉を聞いて、ヴォルフは瞬時に表情を引き締め直す。

「分かっています」

「それならいいのだけれど。……そろそろ、会場に向かおうか」

レオンはヴォルフの返事に一つため息を吐き出し、控えていた騎士に頷く。

ドロシーはレオンの腕に、レフィーナはヴォルフの腕に、それぞれ手を添えて会場に向かう。

何度か角を曲がり長い廊下を歩いていくと、案内の騎士が大きな扉の前で歩みを止めた。重厚な木の扉には、花の彫刻が施《ほどこ》されている。

扉の両端には騎士が二人と、一人のメイドが赤い布の敷かれたトレイを持って立っていた。

「ここでございます」

「ああ、ご苦労様」

「レオン殿下、こちらのお花をどうぞ」

メイドがトレイを差し出しながら、レオンにそう声をかけた。

トレイの上には繊細な装飾の美しい赤と白の薔薇《ばら》のコサージュが、一対ずつ載っている。

レオンがそれを見てメイドに視線を向ければ、彼女はにっこりと笑みを浮かべて口を開く。

「これはパートナー同士で身につけるものでございます。プリローダでは舞踏会で必ず身につけます」

「……そういえば、そうだったね」

レフィーナの国ではそういったものをつける習慣はないが、プリローダでは舞踏会が開かれる前にパートナーを決めておくしきたりがある。なので、舞踏会ではパートナーだと分かるお揃いの花を事前に用意して身につけるのだ。

花をつけていない者は、パートナーがいないと笑われることもあるらしい。

レオンとヴォルフがコサージュを手に取り、一つを自分のパートナーに渡す。レオンとドロシーは赤を、ヴォルフとレフィーナは白い薔薇《ばら》をそれぞれ胸元に飾りつけた。

「では、どうぞ楽しんでくださいませ」

メイドがすっと頭を下げ、扉の両端に立っていた騎士がゆっくりと扉を開く。

まずはレオンがドロシーと共に会場に入り、続いてヴォルフとレフィーナが入る。

後ろで扉が閉められる音を聞きながら、レフィーナは会場の視線にゆっくりと息を吐き出した。

予想はしていたが、レフィーナに向けられる視線は優しいものではない。レオンの婚約者として訪れたことのあるレフィーナが、今は侍女としてレオンと結婚したドロシーに仕《つか》えている。

隣国とはいえ、貴族たちにはそれが何を意味するのか分かっていた。

だからこそ、貴族としての身分を剥奪《はくだつ》されたレフィーナを嘲《あざけ》る視線が、多くの貴族から向けられた。

「レフィーナ！　とっても素敵な会場ね！　私、レフィーナと一緒に舞踏会に出られて、とっても嬉しいわ」

レフィーナを見てこそこそと話す貴族たちの声をかき消すように、ドロシーの弾んだ声が響いた。レオンから離れた彼女は、レフィーナの手を握り、可愛らしく笑う。レフィーナは突然のことに驚いて、目を丸くした。

「ド、ドロシー様……？」

「レフィーナは私の大切な侍女ですもの。私の贈ったドレスもよく似合っていて……素敵だわ」

ドロシーの言葉にひそひそと囁きあっていた貴族たちの多くが、ピタリと口を閉ざした。

そして、急にニコニコと愛想笑いを浮かべると、レフィーナたちに近づいてくる。

「いやぁ、ドロシー様はお優しいですな」

「ドロシー様の専属とあって美しい方ですね。いやはや、エスコートしている男性が羨ましい……はっはっはっ」

ドロシーの機嫌を窺《うかが》う言葉が次々と飛び交う。先ほどの彼女の言葉で、レフィーナが気に入られているのが分かったのだ。

王太子妃のお気に入りの侍女を侮辱《ぶじょく》した、などと騒ぎが起きれば、立場がなくなると分かっている貴族たちは保身に忙しい。

彼らの中ではもうレフィーナは、貴族から身分を落としたみっともない令嬢ではなく、王太子妃であるドロシーのお気に入りの侍女、という認識に変わっている。

「……ドロシー様……ありがとうございます」

「……いつの日か約束しましたもの。侯爵令嬢としてできることはなんでもする、と。……今は侯爵令嬢ではありませんが、レフィーナ様を守れるなら王太子妃という立場を利用いたします」

周りの貴族には聞こえないように、こそっとそう言ったドロシーは優しく微笑んだ。

レフィーナは嘲笑《ちょうしょう》など気にしない性格だが、それでも彼女の気遣いがとても嬉しかった。目を細めながらドロシーを見つめていると、唐突に低い男性の声が会場に響いた。

「少し、道を空けてくれないか」

「フィーリアン殿下だ」

レフィーナたちを取り囲んでいた貴族たちの一部が左右に分かれて道を空けると、プリローダの王太子であるフィーリアンが姿を現した。

「遠いところ、よくぞお越しくださいました。新婚旅行に我が国を選んでくださり、ありがとうございます。どうぞ、舞踏会を楽しんでいってください」

「ご招待ありがとうございます」

レオンと挨拶を交わしたフィーリアンがパンパンと手を叩くと、集まっていた貴族たちが散り散りに去っていく。それを見送ったフィーリアンは後ろを振り返り、呆れた声で弟を呼んだ。

「レイ、落ち込んでいないで挨拶をしないか」

「……遠いところ、お越しいただきありがとうございます……」

酷く落ち込んだ様子でレイがトボトボと歩いてきて、レオンとドロシーに挨拶をする。それからレイは、レフィーナとヴォルフの胸元に飾られたお揃いのコサージュに視線を移し、へにゃりと眉尻を下げた。その落ち込んだ表情に、レフィーナがそっと声をかける。

「……レイ殿下……」

「僕がレフィーナをエスコートしたかったのに……」

「レイ、お前には婚約者がいるだろう。婚約者をエスコートするのは当たり前だ」

「………でも、僕が好きなのは……」

第四王子であるレイには当然婚約者がいる。しかし、レフィーナのことが好きなレイは納得がいかない様子で、小さな唇を突き出してむっとしていた。

「……レフィーナはヴォルフと恋仲なので、パートナーとして彼がエスコートしました」

「えっ？」

「レ、レオン殿下……そんなはっきりと仰らなくても……」

「ドロシー、遅かれ早かれいずれは知ることだよ。それに、どちらにしても……侍女と王子では身分が違いすぎて、恋仲になることすらできない」

はっきりと言い切ったレオンに、ドロシーが慌てたようにレイの様子を窺《うかが》った。レオンの言ったことは正しい。それは子供とはいえ王子として教育されてきたレイとて分かっている。

きゅっと唇を引き締めたレイに、今度はレフィーナが困って眉尻を下げた。なんて声をかけても彼を傷つけてしまいそうだ。

「……好きな人、作っちゃだめだって言ったのに！」

「レイ殿下……！」

泣きそうな震える声でレフィーナにそう言うと、レイはくるりと背を向けて走り去る。それを追いかけようとすると、ヴォルフに止められた。

「ヴォルフ様……？」

「俺が行く」

そう短く告げたヴォルフがレイを追って、その場から立ち去った。残されたレフィーナがどうしようかと視線をさ迷わせていると、レオンがそっけなく言う。

「……ヴォルフに任せておけばいいよ」

「で、でも……」

「レイのことはお気になさらず。……あれでも理解はしていますので」

レフィーナがレイを心配する表情を浮かべると、フィーリアンがゆっくりと首を横に振りながら口を挟んだ。

「レフィーナ、きっとヴォルフならレイ殿下の言いたいことを残らず受け止めてくれるわ。そしてそれはあなたの恋人になったヴォルフの役目……。だから、彼に任せましょう？」

「……はい」

ドロシーの言葉にレフィーナは、レイのことを気にしつつも、後を追っていったヴォルフに任せることにした。

「では、ドロシー。私たちは他の方にも挨拶に行こうか」

「はい」

「レフィーナはどうする？　一緒に来るかい」

立ち去ろうとしたレオンが、足を止めてレフィーナに問いかける。レフィーナは少し迷ったものの、小さく首を横に振った。

自分と一緒にいると、ドロシーにもさらに好奇の目が集まってしまうかもしれない。

先ほどから、こちらをちらちらと見ながら、ひそひそと話している令嬢たちがいる。

多くの貴族はドロシーの機嫌を窺《うかが》っていたが、それは立場のある当主たちだ。その娘たちも賢い者は状況を正確に把握して、余計な話どころか好奇の視線すら向けない。しかし、中にはそうでない令嬢たちもいる。

フィーリアンがいるのでかなり控えめだが、彼女たちは明らかにレフィーナのことを馬鹿にする雰囲気を出していた。

「この方には私がついていましょう」

「……そうですか……。では、お言葉に甘えさせていただきます」

気を利かせたフィーリアンが笑みを浮かべながら、レフィーナの隣に立つ。レオンはすんなりと彼の言葉を受け入れると、頭を下げてから心配そうなドロシーと共に立ち去った。

「あの……」

「お気になさらず。本当は私がレイを追わなければならなかったところを、彼に任せてしまったので」

「え？」

「……レイは、四人目の王子なだけあって皆の関心が薄かったんです。我々兄弟も構ってやる暇がなく……。いつの間にか誰にも心を閉ざしてしまった。でも、あなたを好きになって、彼をライバル視して……。私が行ったところで何もぶつけてはくれないでしょう。でも、彼ならレイも言いたいことを言える」

少し寂しそうにフィーリアンはそう言った。

たしかに初めて会ったときのレイは寂しそうだった。そして、ヴォルフには初めからレフィーナを取られまいと敵意を向けていた。

「……レイにも婚約者がいます。彼女に目を向けてくれると嬉しい、と思うのはきっと大人の勝手な都合でしょうね」

「……いいえ」

貴族も王族も、恋だの愛だので結婚相手を選べることは少ない。レオンにしたってレフィーナが婚約破棄のために行動したおかげで、ドロシーと結婚することができたのだ。

フィーリアンの視線をたどったレフィーナは小さく微笑む。彼の視線の先にはキョロキョロと辺りを見回して、誰かを探す少女がいたのだ。

「……彼女がレイ殿下の……」

「そうです」

ツインテールに結われた茶色の髪はふわふわで、忙しなく動く瞳は綺麗な青色だ。可愛らしい少女はフィーリアンを見つけると、駆け寄ってきた。

小さな手でドレスをつまんで可愛らしく挨拶をする。

「フィーリアン殿下、こんばんは」

「リア嬢、こんばんは」

「あの、そちらの方は？」

リア、と呼ばれたレイの婚約者の少女は、大きな青い瞳をレフィーナに向ける。

レフィーナもドレスを持ち上げてお辞儀をすると、優しい笑みを浮かべた。

「初めまして。ドロシー様の専属侍女のレフィーナと申します」

「……侍女……レフィーナ……。あなたがレイ殿下の……」

「リア嬢、彼女には恋人がいる。レイの片想いだ」

「……そう、なのですか？」

「ああ」

レフィーナがレイの想い人だと知っているらしいリアが、名前を聞いて複雑そうな表情を浮かべる。しかし、フィーリアンの言葉を聞いて、すぐに表情を明るくさせた。

だがまたすぐに、複雑そうな表情に戻ってしまう。

「レイ殿下がフラれて喜ぶなんて、だめですわ……。私も片想いの辛さは分かっていますのに」

リアのことを見ていたレフィーナは、すぐに、彼女がレイに想いを寄せているのが分かった。

レイの恋が叶わないことが嬉しい気持ちと、彼が傷ついたことを心配する気持ちが、少女の中でせめぎ合っている様子だった。

そんなリアを優しい目で見るフィーリアンは、彼女にレイのことを頼む。

「リア嬢、レイはあちらの方へ向かった。……弟をお願いしてもいいか？」

「フィーリアン殿下……。失礼いたしますわ！」

フィーリアンをじっと見つめたリアは、令嬢らしくきちんと挨拶をしてから、レイとヴォルフが去っていった方へ向かった。

「リア嬢はとてもいい子です。……レイはそれをちゃんと分かっている。だから、きちんと婚約者であるリア嬢と向き合ってもらいたいのです」

「……フィーリアン殿下……」

レイは気づいていないようだが、フィーリアンも末の弟を気にかけている。時間が取れなかっただけで、兄として弟を愛しているのだ。

リアとレイを見守るときの優しい瞳を見れば、それがよく分かった。

「レイ殿下は、フィーリアン殿下のお気持ちもきっと分かってくださいます。……そういえば、フイーリアン殿下のお妃様も参加なさっているのですよね？　それでしたら、どうかお妃様のところへ行ってください」

「しかし……」

「私は美味しそうなお料理をいただきますのでお気になさらず。それにお妃様を一人にして、他の女性といては悲しみます」

フィーリアンはもうすでに結婚している。以前、レフィーナがレオンと共にプリローダを訪れたのは、その婚儀に招待されたためだ。

優しそうな妃を思い出したレフィーナは、気を遣ってフィーリアンに戻るように伝えた。

「リア様が向かわれたなら、ヴォルフ様もすぐに戻ってくると思います。それに、いつまでもフィーリアン殿下をお引き留めするわけにはいきません」

レフィーナがにっこりと笑みを浮かべると、フィーリアンは困った様子で首の後ろを撫《な》でたが、やがてゆっくりと頷いた。

「……お気遣い、ありがとうございます。では、そうさせていただきます」

「はい」

フィーリアンも笑みを浮かべると、レフィーナに背を向けて去っていった。すると、遠巻きでこそこそと見ていた令嬢たちがさっそくレフィーナの近くにやってくる。

それをちらりと見てから、気づかれないように小さくため息をついた。

団体様のご到着だ、とレフィーナは失笑をもらす。だが、やはりドロシーについていかなくて正解だった。ついていっていれば、この暇な令嬢たちの悪意がドロシーにまで及んでしまっただろう。

「……皆さん、場違いな方がいらっしゃるわぁ」

「くすくすっ。本当ですわね」

「私なら身分がなくなったら恥ずかしくて、こんな場所に来られませんわ」

目に痛いカラフルなドレスを身にまとう令嬢たちは、下の者を笑うのが大好きなのだろう。親に蝶よ花よと育てられ、貴族が偉いという考えに染まっている。

だから、嘲《あざけ》るのにピッタリなレフィーナをさっそく苛《いじ》めに来たのだ。

……そのターゲットであるレフィーナは、まったく気にした素振りを見せず、優雅な仕草《しぐさ》でパスタを口に運んでいた。

「んー、やっぱりプリローダはプリローダでパスタの味が違うのね」

モグモグとパスタを咀嚼《そしゃく》するレフィーナは、近くで笑っている令嬢たちを完全に無視だ。

近くに来たときは面倒だな、とは思ったが、こういう令嬢には無視が一番いい。逆上して怒鳴り散らせば、淑女にあるまじき行動だと白い目で見られる。

さすがにそんなはしたない真似はできないことくらいは分かっているのか、レフィーナを笑いに来た令嬢たちは、相手にされず顔を真っ赤にして唇を噛んでいた。

そんな彼女たちの背後から不意に一人の男性が現れ、なだめるように声をかける。

「やあやあ、お嬢様方。可愛いお顔が台無しですぞ」

「まあ！　ボースハイト伯爵様！」

「んっ？」

ボースハイト伯爵、と呼ばれた男性は焦げ茶色の髪に同色の髭《ひげ》を蓄《たくわ》え、目尻には皺《しわ》が刻まれている。レフィーナの父であるアイフェルリア公爵よりも少し年齢は上だろうか。

「さあ、お父様方が可愛い娘を探していましたぞ」

「まあ、そうですの」

「せっかく美しく着飾っているのですから、ダンスを楽しまれてはいかがかな？」

「美しいだなんて、お上手ですわ！」

「いやはや、私がもっと若ければぜひ、ダンスを踊っていただきたかったくらいですよ」

歳をとっているとはいえ整った顔立ちのボースハイト伯爵は、令嬢たちに人気があるらしい。

彼女たちはすでにレフィーナから興味が失せたらしく、ボースハイト伯爵を取り囲んできゃっきゃっと騒いでいる。

女性慣れした様子の伯爵は、レフィーナにとって苦手な部類だ。

それに、ああいうタイプは何を考えているか分からない。

「ほらほら、曲が始まりましたぞ」

「そうですわね、ではボースハイト伯爵様、またお話しいたしましょう」

「楽しみにしていますぞ」

ゆったりとした曲が流れ始めて、ようやく令嬢たちは去っていった。ボースハイト伯爵はそんな彼女たちをその場から動かず見送っている。

レフィーナも迷ったが、このままでは伯爵と二人きりになるので、この場を離れるためにくるりと背を向けた。

「やあ、お待ちくださるかな？」

歩き出すより早く呼び止められて、レフィーナは思わず眉を寄せる。呼び止められたからには、止まらないといけない。

小さくため息をつき、ゆっくりと振り返ると、思っていたよりも近くにボースハイト伯爵がいて、ビクリと肩を震わせた。

「初めまして。アングイス・ボースハイトと申します」

「……初めまして、レフィーナと申します」

名乗られたからには、こちらも名乗るしかない。

レフィーナはボースハイト伯爵の値踏みするような視線に不快感を覚えたが、ぐっとこらえて愛想笑いを浮かべた。

「……やはり……相応《ふさわ》しくないな……」

「え？」

「君、エスコートされていた騎士と恋仲なのだろう？」

先ほど令嬢たちと話していたときの柔らかな雰囲気から一変、アングイスは貴族特有の高圧的な態度で問いかける。

レフィーナは伯爵の金色の瞳を真っ直ぐに見つめ返しながら、ミリーの一件で誘拐されたときにベルグに耳打ちされた内容を思い出していた。

「……はい、そうです」

「そうかね。……だが、彼には君は相応《ふさわ》しくないな。貴族から落ちた君は相応《ふさわ》しくない」

「……それは、ヴォルフ様が……貴方のご子息だからですか」

レフィーナの言葉にアングイスは驚いた表情を浮かべた。

あのときベルグに教えられたのは、ヴォルフの父親がプリローダの貴族の中にいる、という情報だ。目の前にいるアングイスは、ヴォルフと同じ焦げ茶色の髪に金色の瞳をしている。

そして、先ほどの問いや言葉を重ねて考えれば……プリローダにいるヴォルフの父親がこの男だという考えに簡単に行き着いた。

「ふむ……」

驚いた表情を浮かべていたアングイスが、すっと金色の瞳を細めた。柔らかい雰囲気のときよりも、今の表情や鋭さのある雰囲気はヴォルフに近く、よく似ている。

「……君の言う通り、彼は私の子だ。……いや、そうでなければ困る」

「困る……？」

「……彼も私が父と知れば、私のもとに来るだろう。騎士なんかより貴族になる方がいいに決まっているからな」

レフィーナの疑問には答えず、アングイスは腕を組んでそう言うと、ニヤリと笑った。

「そうなれば、彼には君は相応《ふさわ》しくない。貴族ではない小娘なんかに価値はないからな」

こちらを見ながら馬鹿にした声色で話すアングイスに、レフィーナは小さく息を吸い込む。そして、決して揺るがない緋色《ひいろ》の瞳で真っ直ぐにアングイスを見た。

「……騎士をやめて貴族になるかも、私が相応《ふさわ》しくないかも……どちらもヴォルフ様が決めることです。……あなたが決めることではありません」

出した声は凛《りん》としていて、震えていない。

ベルグにもらった情報が頭の片隅にあったおかげで、アングイスがヴォルフの父親だということにあまり動揺はなかった。

「身は引かない、ということかな」

「……ヴォルフ様がそう望まない限りは。私は……ヴォルフ様のことが好きですから」

アングイスはレフィーナの方から身を引かせたかったのだろうが、彼女はそんな思惑に乗るつもりはなかった。

レフィーナはヴォルフが好きだ。そして、彼の甘い瞳や声を思い出せば、自分を好きでいてくれることを疑いようもない。

ヴォルフが望むなら、喜んで身を引こう。だが、それを本人から聞くまでは自ら身を引く気などない。

「ふむ。揺さぶられても動揺しないか。だが、それも今だけだ。……短い時間で別れる覚悟を決めておくことだね。好きだの愛しているだの、下らない感情だ」

アングイスはレフィーナが思い通りにならなかったことが、面白くないのだろう。些《いささ》か苛立《いらだ》った様子で吐き捨てるように言い残し、去っていった。

「……はぁ……」

知らず知らずのうちに肩に力が入っていたレフィーナは、ため息と共に体の力を抜いた。

アングイスの声以外は遠退いていた周りの音が明瞭《めいりょう》に聞こえ、かなり緊張していたことに初めて気づく。

アングイスは去ったが、おそらくまた会うことになるだろう。どんな事情があるのかは知らないが、ヴォルフを自分の息子として迎え入れないといけない様子だった。

その時、後ろから唐突に声をかけられた。

「レフィーナ」

「ヴォルフ様……」

「どうした、顔色が悪いぞ」

振り返ると、レイのところから戻ってきたヴォルフが立っている。レフィーナは安堵し、その名前を呼んだ。

よっぽど顔色が悪かったのか、心配したヴォルフが顔を覗き込んできた。

「歩けるか？」

「はい……」

「人の少ないところに行って少し休むぞ」

「ありがとうございます」

ぎゅっと手を握られて、人がほとんどいない壁際まで連れられて歩いていく。

前を歩くヴォルフの焦げ茶色の髪を眺めながら、先ほどのことを話すか考える。

「あの、ヴォルフ様……」

「着いたな。ほら、ここに座れ」

「あ、あの」

「ちょっと待っていろ、水をもらってくる」

レフィーナは口を開いたものの、心配そうに気遣うヴォルフにことごとく遮《さえぎ》られて、話をする前に彼は去って行ってしまった。

一人になったレフィーナは、アングイスのことを思い出す。ヴォルフは突然父親が分かったら、どうするのだろうか。

レフィーナには、ヴォルフが貴族になりたいと思うとは考えられない。だが、もし父親と共にいたいと願うなら、自分は身を引くしかないだろう。

そんなことを考えていると、目の前に水の入ったグラスが差し出された。

「あっ……」

「ほら、飲め」

「ありがとう、ございます」

「久しぶりの舞踏会で疲れたんだろう」

労《いたわ》るように頬を撫《な》でられ、レフィーナは優しく微笑むヴォルフを見る。

アングイスのことを今度こそ話そうと口を開いたのだが、結局何も言えず口を閉じた。なんと伝えればいいのか分からなかったのと、父親を選ぶかもしれないという先ほどまではなかった不安がためらわせたのだ。

話せなくなってしまったレフィーナは、違う話題を口にした。

「……レイ殿下のご様子はどうでしたか？」

「心配しなくていい。殿下は……立派な男だからな」

「立派な男……？」

「ああ。だから、大丈夫だ」

二人の間でどんな会話があったのかは分からないが、ヴォルフの様子からしてレイは問題なさそうだ。それに今はリアも側に寄り添っているだろう。

レフィーナはほっと胸を撫《な》で下ろした。

「……明日は一緒にいられるな」

「はい」

「楽しみだな」

愛おしそうに自分を見るヴォルフの金色の瞳を見て、レフィーナは大切なことを思い出した。

ヴォルフは自分を好きでいてくれている。何も不安になる必要などなく、レフィーナはただ彼を信じればいいのだ。それを思い出せば、先ほどはためらった言葉が口からするりと滑り出た。

「ヴォルフ様。大切なお話があります」

「なんだ、急に改まって」

「先ほど……ヴォルフ様のお父様にお会いしました」

「……は……？」

レフィーナの言葉にヴォルフが目を見開いた。レフィーナはそんな彼から視線を逸らさずに、再び口を開く。

「名前はアングイス・ボースハイト伯爵です」

「ちょ、ちょっと待て。なんで急に……。どうして、その伯爵が俺の父親だと？」

混乱した様子のヴォルフに、レフィーナは静かに言葉を重ねる。

「……実は、ベルグからヴォルフ様のお父様がこのプリローダの貴族の中にいることを聞いていて……。アングイス伯爵と話して確信を持ちました。それに、外見もヴォルフ様に似ていましたし」

「ベルグ……裏稼業《うらかぎょう》の奴か。その伯爵が俺に……似ていた……？」

ヴォルフはアングイスが父親だということも、プリローダの貴族だということも知らないようだ。

「……その伯爵がどうして、俺じゃなくてレフィーナに声をかけたんだ。なんて言われた」

「それは、その、ヴォルフ様は自分のもとに来るから私はヴォルフ様の恋人に相応《ふさわ》しくない、と。貴族でなくなった私では相応《ふさわ》しくない……」

レフィーナの言葉を、ヴォルフは口端を歪ませて笑い飛ばす。

「……はっ。その伯爵は、俺が貴族になると思っているんだな。会ったこともないのに」

「ヴォルフ様は……お父様のところへ行きたいとは思わないのですか？　たった一人の、血の繋がった家族と一緒にいたいとは……」

レフィーナとして生まれ変わったとき、妹の空音に会いたくて仕方なかった。

ヴォルフは母親と上手くいっていなかったからこそ、父親に焦がれたりしないのだろうか。そう考え、彼の顔を窺《うかが》う。

ヴォルフは無表情だった。いや、どちらかというと、怒りを無理やり抑え込んでいる表情と言った方が正しいかもしれない。

「血の繋がった家族だろうが、父親だろうが、今さらどうとも思わない。それに、俺に会うより先にレフィーナに会って、身を引かせようとしたことを考えると……ろくでもない奴だろうな」

「ヴォルフ様……でも……」

「レフィーナ、血の繋がりだけが大切じゃないだろう。俺は貴族になんてならないし、その伯爵を父親とも家族とも思わない。それに家族なら……これからだってできるだろう」

「え？」

突然、ヴォルフに手を握られてレフィーナはポカンとしたが、やがて言葉の意味を理解した。顔が一気に熱くなる。

『家族ならこれからだってできる』

その言葉でヴォルフが、自分との未来を考えていることに、気がついたのだ。

「だから、その伯爵のことは気にしなくていい。俺は何があってもお前を選ぶから、信じろ」

「……はい」

真っ直ぐな言葉と揺るぎない金色の瞳に、レフィーナは安心して頷くことができた。

ヴォルフを信じて話してよかった、と彼女は口元を緩ませる。

「……俺の気持ちを信じて話してくれてありがとう、レフィーナ」

「え？」

「黙って身を引きそうなお前が、こうして俺に話してくれたのは、俺の気持ちを信じてくれたんだろう？　俺が貴族になることよりも、お前の側にいることを選ぶって」

「……それだけではないです。私がヴォルフ様に直接言われるまでは、身を引きたくなかったんです。私はヴォルフ様のことが好きですから」

レフィーナは少し照れながら、ふわりと笑みを浮かべる。

ヴォルフが好きでいてくれるから。彼を好きでいるから。

だからこそ、レフィーナはアングイスに従うつもりはなかったし、こうしてちゃんと伝えることもできた。

「……っ！」

ヴォルフが口を片手で押さえて、勢いよく顔を横に逸らした。

その様子にレフィーナは首を傾げる。

「ヴォルフ様？」

「……あんまり、可愛いことを言うな」

「え？」

「……場所なんて考えずに抱き締めたくなるだろ……」

ボソリと呟かれたヴォルフの言葉に、レフィーナはかちんと固まる。顔を横に逸らしている彼の耳は、ほんのりと赤い。

「こんな場所でいちゃつかないでほしいね。ヴォルフ、レフィーナ」

「レ、レオン殿下！」

突然聞こえたレオンの声に、レフィーナはがたりと椅子から立ち上がる。

声のした方を見ると、呆れ顔のレオンと笑みを浮かべたドロシーが立っていた。

「招待されているのだから、一曲くらいは踊ったらどうだい？」

レオンの言葉にヴォルフが苦虫を噛み潰したような表情を浮かべた。どうやらダンスは苦手らしい。

しかし、レオンの命令では断れないのか、仕方なさそうにレフィーナに手を差し出す。

「一曲だけ、踊ろう」

「はい」

レフィーナは差し出された手を取り、並んで歩き出す。するとヴォルフが囁いた。

「……明日はお互いの話していないことを話したい。いいか？」

「はい、もちろんです」

レフィーナは笑みを浮かべてしっかりと頷く。

そして、二人は貴族たちに交じると、曲に合わせてゆっくりと踊り始めたのだった。

◇

舞踏会の翌日。

レフィーナは約束通り休みをもらい、ドロシーに挨拶をしてから、ヴォルフとの待ち合わせ場所である城門に向かっていた。

張り切ったアンに舞踏会のとき同様、化粧を施《ほどこ》されてちょっと疲れぎみだ。

「レフィーナ、おはよう」

楽しそうなアンの様子を思い出していると、いつの間にか城門に到着していた。

聞き慣れた声にレフィーナはそちらに視線を移す。先に着いて待っていたらしいヴォルフが片手を上げた。いつもの騎士服ではなくラフなシャツ姿だ。

「おはようございます、ヴォルフ様。お待たせしてしまいましたか？」

レフィーナが駆け寄ると、ヴォルフがぐっと眉を寄せた。

一瞬にして不機嫌そうな表情になった彼に、視線をさ迷わせつつ理由を考える。そして、すぐに理由に思い当たったレフィーナは、再び口を開いた。

「えっと……、おはよう、ヴォルフ」

昨日の舞踏会では公《おおやけ》の場なので、敬語と敬称で話していた。そちらの方が慣れていたため、今朝もついいつも通りに話してしまったのだ。

どうやら不機嫌になった理由は正解だったようで、敬語も敬称もやめて話すと、ヴォルフはふっと口元を緩めた。

「油断するとすぐに元に戻るな」

「……そっちの方が慣れてるから……つい……」

「まぁ、これから沢山話せば、そのうちに慣れるだろ」

「そうね……」

「……さて、順番がおかしくなったが、誕生日おめでとう、レフィーナ」

ヴォルフがレフィーナの右手を取り軽くキスを落として、ふわりと笑う。

優しげな金色の瞳と目が合うとレフィーナの頬が熱くなった。

ヴォルフは元々顔立ちが整っている上に、優しく笑うと、いつもは鋭い金色の瞳が柔らかくなる。

それだけでもドキリとするのに、あんな風にされたらレフィーナでなくても顔を赤くするだろう。

「あ、ありがとう……」

「ふっ、顔が赤いな」

「ヴォルフにあんなことされたら、誰でも顔を赤くするわ」

「でも、俺が触れるのはレフィーナだけだ。だから、これから顔を赤くするのもレフィーナだけだな」

「……っ」

甘い瞳で見つめられて、レフィーナはふいっと顔を背けた。

そこで初めて周りの様子が目に入ってきて、ひくりと口元を引きつらせる。それなりに出入りがある城門で二人はかなり目立っていたのか、通り過ぎる人々がにこにこと笑みを浮かべてこちらを見ていた。

「も、もう行こう！」

「レフィーナ？」

レフィーナは見られていたことが恥ずかしくなって、ヴォルフの手を取ると、城門から逃げるように街へと向かったのだった。

◇

「はぁはぁ……」

「大丈夫か、レフィーナ」

足の長さの違いか、はたまた鍛練《たんれん》の差なのか……街に着いた頃には、レフィーナだけが息を荒くしていた。ヴォルフは涼しい顔をしている。

「だ、大丈夫よ。……恥ずかしかったから、その……」

人前であんな甘い言葉と瞳を向けないでほしい、とレフィーナが続けるより先に、ヴォルフの大きな手が彼女の亜麻色《あまいろ》の髪を優しく撫《な》でた。

「俺はお前と二人でいるときは……恋人としているときは、甘やかしたくなるんだ」

「……え……？」

まだ握ったままだった手が一度離れると、今度はヴォルフのしなやかな指が、レフィーナの細い指に絡まった。恋人繋ぎになった手にドキリとすると、ヴォルフがふっと口元を緩める。

「お前は……今まで妹の幸せのために頑張ってきたんだろう？　知らない世界で、別の外見で……一人で全部背負ってやり遂げた。いつだって頑張っていたお前を、俺は甘やかしたい」

「妹は……ソラは私の大切な家族だから、姉として当然のことをしただけよ」

「それでも、そこまでできる人間は少ないと思うぞ」

こうして面と向かって褒められると少し恥ずかしい。

レフィーナは頬に熱が集まるのを感じた。そんな彼女を見るヴォルフの目は優しい色を宿している。

花の国と呼ばれるプリローダに相応《ふさわ》しく、花でいっぱいの美しい街を、二人は手を繋いだまま歩き始めた。

「なあ、お前が思い出すのが辛くなければ……雪乃だった頃の話を聞かせてくれないか？　あちらの世界のことや家族のことが聞きたい。それに、レフィーナになってからのことも……」

「思い出すのは辛くないわ。もう一度、ソラに会えて、ちゃんと気持ちの整理をつけたから。……雪乃はもう過去のことで、今はレフィーナとして生きているもの」

「そうか……」

「まずは……そうね、雪乃のときは、両親はいなくて、ソラと一緒に祖母に育ててもらったわ。祖母が亡《な》くなってからは、ソラと二人で生活してた。こちらの世界とは違って恋愛も労働も割りと自由な世界だったから、こちらより生活はしやすかったわね」

レフィーナは緋色《ひいろ》の瞳を細め、懐かしさを感じながらゆっくりと話し始める。

高校を卒業して少しした頃に祖母が亡《な》くなった。幸いにも雪乃は就職していたし、祖母の遺産もあったので生活に困ることはなかった。

それに、可愛い妹である空音が側にいたから、雪乃は幸せに暮らせていたのだ。

……空音が交通事故に遭うそのときまでは。

「幸せだった。……だけど……ソラが、事故に遭ってしまった……」

病室で眠る空音を見たときの感情は、今でも鮮明に思い出せる。大切な妹を失うかもしれない恐怖や絶望は、もう二度と味わいたくない。

ただただ祈ることしかできなかった雪乃は無力で、もしアレルが来なかったらと考えると、今でも指先が震える。

そんなレフィーナの震えを感じ取ったのか、ヴォルフが繋いでいる手をぎゅっと強く握った。

「……向こうはこの世界よりも医療が進歩しているけど、それでもソラを……助けることができなかった」

「レフィーナ……」

「でも、私は幸運だった。自分では分からないけど、この特殊な魂があったから、神様は私と引き換えにソラを助けてくれた。……あのときは自分のこれからのことなんて考えてなかったわね」

ヴォルフが握り締めてくれたおかげで震えも止まり、レフィーナは笑みを浮かべる。

「その後はヴォルフも知っての通り、この世界にレフィーナとして転生したの。さすがに赤ちゃんなのに意識がはっきりしてたのはびっくりしたわ」

「へぇ。そんなときから雪乃としての意識がはっきりしてたんだな」

「ええ。……公爵家にいたときは、どうして赤ちゃんのときから記憶がはっきりしているんだろう、ってちょっと神様を恨《うら》んだわ」

二十二歳の雪乃が赤ちゃんのときからしっかり存在していたから、中々大変だった。何回、物心つく頃に記憶を戻すのでは駄目なのかと思ったことか。

でも、レフィーナとして生きる今はその理由がなんとなく分かっていた。

「あのときは私の……雪乃の家族はソラだけで、レフィーナの家族は他人。そう思っていたから……」

「今は違うのか？」

「……ええ。あのとき、私の意識がはっきりしていたのはきっと、神様は私に知っていて欲しかったんだと思う。……レフィーナが……私がたしかに望まれて、愛されて生まれてきたってことを」

生まれてから初めて目を開けたとき、最初に見えたのは母の優しい緋色《ひいろ》の瞳だった。

歩き始めた頃、転んで泣いていたレフィーナを抱き上げてあやしてくれたのは、少し不器用な父だった。

それらは雪乃のときは知らなかったもの。そして、レフィーナとして与えられたもの。

「神様はきっと……私がこの世界で一人ではないって教えてくれていた。まぁ、全然そんなの気づいていなかったのだけど」

「……両親には会いたいか？　それにたしか兄もいたな」

「……公爵家を追い出されたときはなんとも思っていなかったけど、今はちゃんと家族って思える。だから、そうね……会えるなら会いたい、かな。もちろん、兄にもね」

兄は公爵家の跡取りとしての教育が厳しく、あまり二人で遊んだ記憶はない。だが、雪乃が空音を愛したのと同じように、妹であるレフィーナを愛していてくれる気がした。

本当に公爵令嬢のときは他人事《ひとごと》だったのだと、改めて実感する。

今は他人としてしか会えないが、できれば娘として公爵家に相応《ふさわ》しくない行いをしてしまったことを一度謝りたいと、最近は考えている。

「そうか。いつか、ちゃんと会えるといいな」

「……ええ。ちゃんと謝って、家には戻れないだろうけど……許してもらえたら嬉しいわ」

身分を剥奪《はくだつ》されたレフィーナは身分が回復しない限り、公爵家を訪ねることもできない。両親や兄に会うためには、公爵家から呼び出しを受けるか、城に来たときに会えるのを待つしかないだろう。

それでも、いつかきちんと話せるといいな、とレフィーナは口元を緩めた。

「えっと、私の話はこれくらいかな。何か聞きたいこととかある？」

「そうだな……この世界と向こうの世界で共通するものとかあるのか？」

「ヴィーシニアの味噌《みそ》や醤油《しょうゆ》！」

レフィーナは目をきらきらさせながら即答した。

和食があったのはかなり嬉しかったので、真っ先に思い浮かんだのだ。

「くっ……。即答で食いもの関係なところが……」

「わ、笑わないでよ……。あれは本当に嬉しかったんだから」

片手で口を押さえて笑うヴォルフに、レフィーナは少しむっとする。

侍女になってやっと食べられて、どれだけ嬉しかったことか。まあ、それもあの恰幅《かっぷく》のいい元侍女長のせいでぶち壊しになったのだが。

「笑って悪かったな」

ヴォルフにそう声をかけられて、レフィーナは元侍女長のことを頭から追い出した。

ダンデルシア家に送られた元侍女長とは、もう会うことはないだろう。

「……もしかしたら、ヴィーシニアにはもっと共通のものがあるかもしれないな」

「そうかも……。神様の趣味らしいけど、ヴィーシニアを中心にあちらの世界のものを取り入れたのかもしれないわね。私たちの国では見かけないし、プリローダでも見ないし……」

「なるほどな……」

何か考え込んでいるヴォルフに、レフィーナは首を傾げる。

「ヴォルフ？」

「……いつか、一緒に行くか。ヴィーシニアに二人で」

「え？」

「そうだな……例えば、新婚旅行、とかどうだ？」

レフィーナは全然予想していなかった言葉に驚いて、意味もなく口を開いたり閉じたりする。

昨日の舞踏会からヴォルフの言葉に驚かされっぱなしな気がして、戸惑い気味に彼を見つめた。

昨日は、家族ならこれからでもできる、で今日は、新婚旅行とかどうだ、だ。なんだかどんどんリアルになっているというか……

「あの、ヴォルフ……？」

「ああ、ちょっと待ってろ」

「え？」

なんとか声を絞り出したところで、なぜかヴォルフがさっと手を離して去って行ってしまう。人混みに紛《まぎ》れてしまったヴォルフに、レフィーナは仕方なく道の隅に移動して、言われた通りに待つことにした。

「……はあ……。冗談、なのかなぁ……」

あまりにもあっさりと話を流されて、少し不服だ。たまに意地悪なことを言うヴォルフだから、ただの冗談だったのかもしれない。

ぼんやりと俯いて考えていたレフィーナは、目の前に人が立つ気配を感じて、顔を上げた。ヴォルフかと思ったら何やら軽そうな青年二人組で、レフィーナはため息をつく。

「ほらー、やっぱり可愛いかっただろ！　いや、どっちかというと綺麗か？」

「ねえ、一人で暇だろ？　俺たちと遊ぼうぜ！」

ナンパのお手本のようなベタな発言に、レフィーナは眉を寄せる。すっぱり拒否してもいいのだが、そうすると逆上したり、逆にしつこくなったりする可能性もあって面倒だ。

「ほらほら、行こう」

どうやって回避するか考えているうちに、男に手を取られてぐいっと引っ張られた。体を引き寄せられて、レフィーナは短く息を吸う。

このまま連れて行かれる気などさらさらないし、先に手を出したのは男たちなので問題ないはずだ。

それなりに物騒《ぶっそう》なことを実行しようとしていたレフィーナは、ふと背筋に冷たいものを感じて思わず動きを止める。

その直後、低い声がレフィーナの耳に届いた。

「おい、何をしている」

レフィーナを連れて行こうとした男たちの前に、ヴォルフが現れて立ちふさがった。両手に飲みものを持っているが、その金色の瞳で冷たく男たちを睨んでいる。

「あ？　なんだー？」

「お前の連れか？　悪いがこの子は俺らがもらっちゃうからどっか行きな」

「ほらほら、早く退けや！」

通行人が揉《も》め事か、と遠巻きにひそひそと様子を窺《うかが》っている。ギャラリーが増えても気にしない男たちは、ヴォルフに強気な態度を見せた。

「あ、あの……」

やめておいた方が……とレフィーナが続ける前に、男たちの一人がヴォルフを退かそうと手を伸ばした。

ヴォルフは伸びてきた手をあっさりと躱《かわ》すと、掴み損ねてよろけた男の背中をとん、と肘《ひじ》で押す。男は体勢を戻すこともできずに、無様に顔面から地面に倒れ込む。

「ぐぇっ！」

「こいつ！」

レフィーナの手を握っていた男がそれを見て、勢いよく殴りかかった。しかし、副騎士団長であるヴォルフに、素人の男が殴りかかったところで当たるはずもなく、またもやあっさりと躱《かわ》される。

今度の男は倒れ込むことなく体勢を立て直して、またヴォルフに殴りかかった。

「くそっ！　このっ……！」

「……しつこい」

いい加減うんざりしてきたヴォルフがすっと片足を上げて、殴りかかってきた男の腹に素早く蹴りを入れた。

見事に一発で男を沈めたヴォルフに、周囲の人々が歓声と拍手を送る。

「失せろ」

大勢の人間に情けないところを見られ、さらにヴォルフに鋭く睨まれて、男たちはすごすごと立ち去った。

「レフィーナ、大丈夫か？」

「え、ええ。ありがとう」

「ほら、これ」

ヴォルフが両手に持っていたドリンクの一つをレフィーナに差し出す。あれだけ動いていたにもかかわらず、中身は一切こぼれていない。

そのことに感心していると、するりと指先で頬を撫《な》でられて、レフィーナは顔を上げる。

「……急にいなくなってすまなかった」

「飲みものを買うためにいなくなったの？」

「まぁ、それもあるが……。その、自分で言っておいてなんだが……、ちょっと照れ臭くなったんだ」

ふいっと顔を逸らしたヴォルフの言葉に、レフィーナは思わず彼の顔をまじまじと見てしまった。

ヴォルフの耳が少し赤い。

どうやらあのとき、話をあっさりと流したのは冗談とかではなく、ただ単に恥ずかしかっただけのようだ。

「……その、一応言っておくが冗談じゃないからな。いつか、行こう。二人でヴィーシニアに」

首の後ろを擦《さす》りながらそう言うヴォルフに、レフィーナは嬉しくなって満面の笑みを浮かべる。

そして二人は飲みものを片手にまた並んで歩き始めた。

買ってきてくれた飲みものはフルーツジュースらしく、甘酸っぱくて美味しい。周りを見回すと、それらしいドリンクを売る屋台がちらほら見えて、プリローダの名物だということが分かる。

花だけではなくフルーツも有名だったな、と今さらながらにレフィーナは思い出した。

「何か気になるものでもあったか？」

なんとなく並んでいる屋台を見ていると、ヴォルフが聞いてくる。レフィーナは屋台から彼に視線を移し、首を横に振った。

「なんとなく見ていただけよ」

「そうか。腹は空いてないか？」

「うーん、ちょっとだけ……？」

話しながら歩いていたため、少しお腹が空いていた。レフィーナはヴォルフの言葉に素直に頷く。

「それなら、何か買って少し休憩するか。いい休憩場所を知っているからな」

「ヴォルフはプリローダに詳しいの？」

「……まぁ、それは後でな。まずは何か買うか」

プリローダはレフィーナたちの国よりも屋台が多く、フルーツジュース以外にも色々なものが売られていた。

二人は屋台を見て回りながら、手軽に食べられそうなものを探す。

「これとかどうだ？」

「プリローダドッグ？」

看板に書かれた文字を読んで、レフィーナは首を傾げる。屋台に視線を移すと、少し硬めのパンに粗挽《あらび》きソーセージとレタスが挟まっているものがたくさん並んでいた。

どうやらプリローダドッグとはホットドッグのことのようだ。

「いらっしゃい！　プリローダの名物だよ！」

「名物なんですか？」

「そうだよ。お嬢ちゃん、このソースを見てみな」

屋台の男が首を傾げるレフィーナの前に、たっぷりソースが入った容器をドンッと音を立てて置く。それを覗き込んで見ると、透明なソースの中に小さな花が沢山入っていた。

見た目は綺麗だが、これをホットドッグにかけるのはちょっとどうかとレフィーナは思う。

アイスクリームとかならまだ美味しそうなのだが……

「味の保証はするぜ？」

「うーん……」

「これを二つくれ」

「えっ!?」

「まいどっ！」

レフィーナが悩んでいると、ヴォルフがあっさりと注文してしまった。屋台の男が慣れた手つきでケチャップと先ほどの花が入ったソースをかける。

ヴォルフが代金を払ってホットドッグを受け取ったので、レフィーナも屋台の男から受け取った。

「じゃあ行くか」

「……これ、美味しいの？」

「それは食べてみれば分かるだろ」

ヴォルフに続いて歩きながら、レフィーナはホットドッグをちらりと見る。

どう見ても花のソースが異質だ。

しばらく歩いて着いた場所は、小さいながらも花が咲き乱れる綺麗な公園だった。その隅にあるベンチにレフィーナとヴォルフは並んで座る。

「綺麗な場所なのに人がいないわね」

「近くに有名な公園があるからな。そっちの方に人が流れて、こっちは静かなんだ」

「なるほど……」

「さあ、食べるか」

「……ヴォルフは、これ食べたことあるの？」

「まあな」

そう短く言って、ヴォルフはなんのためらいもなくホットドッグにかぶりついた。レフィーナは顔色も変えず普通に食べているヴォルフから、手元のホットドッグに視線を移す。

そして、恐る恐る一口食べてみた。

「……ん……？」

口に広がった馴染みある味にレフィーナはまばたきを繰り返して、もう一口食べる。やはり知っている味がした。

ただ、知っているものとは見た目が違い過ぎて、花のソースをじっと見つめる。すると、隣に座っていたヴォルフがくすりと笑う。

「……マスタードの味だろ」

ヴォルフの言う通り、たしかにマスタードの味だった。城の食堂でもマスタードが出たことがあったので、あることは知っていたが、それは雪乃の世界と同じく黄色だった。

このように花のソースではない。

「どうやって作ってるんだろう……」

「さあな。プリローダで一番大きい商家が作り出したらしいが、製造方法は極秘らしい。だが、プリローダらしさが出ていて人気みたいだな」

「そうなんだ……」

見た目は不思議だったが、味は普通に美味しいので、レフィーナはパクパクと食べていく。あっという間に食べ終わると、先に食べ終わっていたヴォルフと目が合った。

「ふっ……ケチャップが口の端についてるぞ」

「ここ?」

「違う。じっとしてろ」

ヴォルフの顔がすっと近づいて、次の瞬間にはペロリと口の端を舐《な》められた。

レフィーナは目を見開き、びくりと体を震わせて驚く。

「取れたぞ」

「な……なめ……っ！」

レフィーナが動揺しながら舐《な》められた場所を手で押さえると、ヴォルフが意地悪そうに金色の瞳を細めて笑った。

レフィーナは頬に熱が集まるのを感じながら、彼をジトッと睨み返す。

新婚旅行とか言っていたときは照れていなくなってしまったのに、これは照れないのか。ヴォルフが恥ずかしいと思う基準がよく分からない。

「……怒ったのか？」

「……何も舐《な》めとる必要はなかったと思うけど……」

「生憎《あいにく》拭くものを持っていなくてな」

レフィーナは困ったように肩を竦めるヴォルフの顔から、つぃと視線を胸元に滑らせる。彼のシャツの胸ポケットからは、おそらくハンカチであろう布の端がわずかに見えた。

「持ってるよね。それ」

「……いや、持っていないな」

レフィーナに指摘されて、ヴォルフが胸ポケットから飛び出ていた布端を、さっと中に押し込んだ。

そんな彼の行動に、レフィーナは可笑《おか》しくなって思わず口を緩める。

「ふふっ。そんなあからさまに……」

笑い声を上げたレフィーナに、ヴォルフが微笑みながら、亜麻色《あまいろ》の髪を優しく撫《な》でた。

恥ずかしかった気持ちも上手いことあやふやにされて、レフィーナは小さく息を吐き出す。

「もう……」

「……なあ、レフィーナ。そのまま、リラックスして聞いてくれるか。……俺のことを話したい」

和《なご》んだ空気の中でふとヴォルフがそう切り出した。

先ほどわざわざ舐《な》め取ったのも、笑わせる行動をして見せたのも、こうしてレフィーナをリラックスさせたかったのかもしれない。

レフィーナがゆっくりと頷いたのを見て、ヴォルフが話し始める。

「俺の母親は……俺が小さい頃は男と上手くいかなくなると、決まって俺に手を上げて八つ当たりしていた。そして……俺が成長するにつれて今度は……俺を男として見るようになっていった。……そんな環境で生きているうちに……いつしか声が出せなくなっていた」

ヴォルフは軽い口調で話す。この話をすでにレナシリアから聞いていたレフィーナは、黙って耳を傾けた。

ただ、あのときとは違って今はヴォルフのことが好きだ。だからこそ、ぎゅっと胸が締めつけられ、胸元で両手をきつく握りしめた。

そんなレフィーナの様子に気づいたヴォルフが、片手で彼女の両手に触れる。

「そんな顔をするな」

「ごめん……」

困った表情を浮かべるヴォルフに、眉尻を下げる。レフィーナがこうならないように、空気を和らげてくれていたのに……やはり、話を聞くと軽い気持ちではいられない。

「……たしかに辛くなかったといえば嘘になる。だが、そんな過去があって今がある。楽しいこともあったし、温かい人たちにも出会えた。そして、レフィーナ……お前とこうして一緒にいられる。だから、今はそんな過去も辛くないし、レフィーナにはすべて話しておきたい。……レフィーナも話してくれたからな」

「ヴォルフ……。私も、ちゃんと聞きたい。話を続けて……？」

「ありがとう、レフィーナ。……母親は妻がいる男にも見境なく手を出していてな。ある日、その男の妻が母親のところに来たんだ。そのとき俺は物陰からその様子を見てた。どんどん口論が過激になって……とうとう男の妻が刃物を取り出して……」

レフィーナの手を包み込んでいるヴォルフの手が微《かす》かに震えていた。その手を今度はレフィーナが、両手で包み込む。

そして、その先は言わなくていいと伝えるために、首をゆっくりと横に振った。

どれだけ酷い母親であろうと、今までずっと一緒にいたのだ。殺された、なんて言葉を平気で言えるはずがない。少なくとも、手を震わせているヴォルフには無理だ。

「……その後は当時、副騎士団長だったザックが駆けつけて、母親を亡《な》くした俺を引き取ってくれた」

「ザック様が？」

「ああ。結婚もせず剣に打ち込んでいたザックが俺を引き取る、って言い出したものだから、ちょっとした騒ぎになっていたな」

いつもはザックのことを騎士団長と呼ぶヴォルフだが、今日は名前で呼んでいる。まるで本当の家族のように、親しみが込められた声でザックの名前を言う彼に、レフィーナは表情を和らげた。

「引き取られて一年くらいで声が出るようになったんだが……そのときにザックに父親のことを尋ねられた」

父親、という言葉にレフィーナはアングイスを思い浮かべた。

「そのとき俺が知っていたのは、元々母親がここ……プリローダの出身で俺もここで生まれたということだけだった。それで、おそらく父親はプリローダの人間だろう、とザックと二人で一ヶ月ほど、この辺りに滞在して捜したんだ」

「あ……それで、詳しかったのね」

「ああ。父親捜しだって色々と連れ回されたからな。……でも、結局父親は見つからなかった。それに、俺自身も別に父親を知りたいとも会いたいとも思ってなかったしな。それ以来、捜してもいなかった。……それなのに、まさか今頃になって急に現れるなんて……」

そう言うとヴォルフは不愉快そうに、ぐっと眉を寄せた。

「……ろくでもない父親なら尚更《なおさら》、出てこなくてよかったのにな」

レフィーナに接触してきたアングイスを、ヴォルフはよく思っていない。まだ彼らは直接会ったことはないが、アングイスの様子から考えると、近々顔を合わせそうな気がする。

眉間に深い皺《しわ》を刻んでいたヴォルフがレフィーナの方を見て、ふっと表情を緩めた。

「悪いな、せっかくの誕生日にこんなつまらない話をして」

レフィーナはそういえば誕生日だった、と思い出した。人に言われないとすぐに忘れてしまう。

それに、誕生日よりもヴォルフの話の方が大切だった。

「ううん、聞けてよかった。話してくれてありがとう」

「……さあ、今から目一杯楽しむか」

立ち上がったヴォルフが、レフィーナに向かって手を差し出した。笑みを浮かべてその手を取ると、ヴォルフに力強くぐいっと引かれた。

レフィーナは彼の腕の中に倒れ込む。

「わっ……！」

「……レフィーナ、さっきのはお前に触れたかっただけで……別に和《なご》ませるためじゃないぞ」

「えっ？」

「赤くなると可愛いからな、あのときはそれが見たかっただけだ」

レフィーナがヴォルフの言葉を理解するよりも早く、口の端に軽く唇が触れた。

ケチャップがついていた場所と同じところに触れたヴォルフの唇に、レフィーナはやっと意味を理解する。

「なっ……！」

「可愛いな。また、赤くなっている」

「そ、そんなの当たり前でしょ……！」

「ふっ……。レフィーナ、好きだ」

意地悪なヴォルフに怒ろうとしたレフィーナは、好きの一言で何も言えなくなってしまう。

ぎゅうと抱き締められて、怒るのを止めた。息をついて、身じろぐ。

ヴォルフが外でこんなにあからさまにイチャイチャしてくることに、少し違和感を覚えていた。

「ヴォルフ……どうしたの？」

「………」

落ち着いた声で話しかける。すると、ヴォルフが抱き締める腕に力を込めた。彼の背中にレフィーナが控えめに手を回すと、ヴォルフの唇が彼女の耳に寄せられた。

そして、囁くようにヴォルフが話す。

「……俺たちをずっと監視している奴らがいる」

「え？」

「……おそらく俺の父親と名乗った伯爵の差し金だろう」

「で、でも、どうして……」

「……俺たちの仲を確かめているのか……あるいは、引き離そうとでも考えているのかもな」

アングイスはレフィーナとヴォルフの仲をよく思っていない。

しかし、まさかデートにずっとついてきて、調べるとは考えてもなかった。二人を別れさせるために、仲を探っているのだろうか。

「だから、わざと……その、仲良く見せるためにあんなこととか……今みたいなことを？」

「半分はな。わざわざ引き離す隙を与える必要はないだろう。見せつけておけば諦めるかもしれないしな」

「……ちなみにもう半分の理由は？」

少し体を離して見つめ合いながらレフィーナが問いかけると、ヴォルフがふっと笑う。

「ただ俺がお前に触れたかっただけだ」

「……っ！」

見つめ合った金色の瞳や声が甘さを含んでいて、レフィーナは頬だけではなく耳まで熱くなった。こんな至近距離で聞くものではない、とふぃと顔を逸らす。

「もう行こう」

「……そうだな」

ヴォルフと指を絡めて手を繋ぐと、レフィーナは照れたのを隠すためにぐいっと引っ張って歩いて行く。

「……そういえば、今もいるのよね……？」

「ああ、距離があるから会話は聞こえないだろうが……いるな」

「そう……」

なぜヴォルフとこうして二人で出かけると、こうもつけ回される羽目になるのだろうか、とレフィーナは小さくため息をついた。一度、成り行きで一緒にいたときには、ミリーの手の者につけ回されたのを思い出す。

まさかあのときみたいに、アングイスが現れるとかはなしにしてほしい。

「悪いな、面倒かけて」

「そんな……。これはヴォルフのせいじゃないし、言われるまで気づかなかったから、もう忘れるわ。別に見られて困ることないし……。恥ずかしいけど」

レフィーナとヴォルフの仲がいいからと言って、あのアングイスが手を引くとは思えない。しかし、少しでも可能性があるなら、恥ずかしさなんて抑え込んで、バカップルでもなんでもやってやる。レフィーナとてヴォルフと簡単に引き離される気などないのだから。

とはいえ……

「……そんなことで手を引くくらいなら、最初から私に接触しないとは思うけど……」

「そうだな。まぁ、もう無視しておこう。俺たちはレオン殿下たちの護衛と侍女だからな、そう簡単には手は出してこないだろう」

「……そうね。つけられているのは気持ち悪いけど、気にしないようにするわ」

二人で顔を見合わせて苦笑いを浮かべると、気持ちを切り換えて、デートの続きをするために街中へ戻ったのだった。

◇

「レフィーナ、これはどうだ？」

「いや……あの……」

「あぁ、こっちもよさそうだな」

ショーケースに並んだネックレスを指差しながら、ヴォルフが嬉しそうに提案してくる。

公園から街に移動した二人は、気ままに観光していたのだが、ヴォルフがレフィーナに誕生日のプレゼントを贈りたいと言い出した。そこまでは別によかったのだが、問題は彼が提案してくるものが軒並み高価ということだ。

可愛いものばかりで心引かれるものの、さすがに買ってもらいたいとは思えないレフィーナだった。

「ヴォルフ……その、可愛いし、嬉しいんだけど……」

「ん？」

「……そんな高価なもの、受け取れないわ」

たしかに公爵令嬢のときは、今ヴォルフが手に持っているものよりも、さらに高価なものを身につけていた。しかし、それはあくまで令嬢としての体裁を整えるためだ。

侍女になった今では、そんな高価なものがほしいとも身につけたいとも思わない。

「これでも一応、副騎士団長だからな。それなりに給料をもらっているし、今までほとんど使ってないから貯《たくわ》えもある。これくらい、別に大丈夫だ」

「それでも、駄目よ。私はやっぱり受け取れない」

「……じゃあこれは？」

レフィーナがきっぱりと断ると、ヴォルフがネックレスの半額くらいの指輪を指差した。半額とはいえそれでも高い。

ためらっていると、ニコニコと二人の様子を見ていた店員が声をかけてきた。

「ご試着なさいますか？」

「ああ、お願いします」

「ヴォルフ、私は……」

「つけるだけなら、別にいいだろう」

そう言ってヴォルフは指輪を受け取ると、レフィーナの手を取って、左手の薬指に通した。はめた場所にドキリとしていれば、ヴォルフがなんでもなさそうに口を開く。

「少し大きいが、レフィーナによく似合うデザインだな」

「ええ、よくお似合いです！　こちらのサイズはいかがですか」

「……ん、こっちのサイズがぴったりだな」

レフィーナが口を挟む暇もなく、店員とヴォルフが盛り上がる。綺麗なデザインの指輪が自分の指におさまっているのを見て、胸の中がむずむずした。まるで、婚約指輪のように見えたのだ。

「どうだ？　気に入ったか？」

「……綺麗だな、とは思うけど……誕生日のプレゼントにはやっぱり高価ね」

そもそもプロポーズもされていないんだし、婚約指輪のはずがない。ヴォルフもネックレスの半額だったので指輪を選んだだけだろう。自分に言い聞かせるようにそう考えて、レフィーナはすっと指輪を外した。

今は誕生日プレゼントを選んでいるのだ。それならこんな高価なものはいらない。

「そうか……残念だな」

「ありがとうございました」

指輪を店員に返してから、レフィーナはヴォルフの手を取って宝飾店を後にした。このまま彼に任せていたら、一向に決まらない気がする。

「あの指輪、似合っていたのに……」

「高価なものなんかじゃなくても、ヴォルフからもらえるなら、その辺りに咲いてる一輪の花でも嬉しいわ」

それに、指輪は色んな意味で身につけにくい。左手の薬指なんて、見た人に誤解を与えるだろう。もういっそ本当にその辺りの花にでもしてもらおうか、とレフィーナは真剣に考える。どんなプレゼントでもヴォルフからもらえるのなら、嬉しいのだから。

「そうか……。でも、その辺りの花では駄目だな。もっとちゃんと残るものを渡した……、ん？」

「どうしたの？」

「ちょっとこっちに行くぞ」

店を見渡していたヴォルフが立ち止まったので、レフィーナも足を止める。

ヴォルフは気になった店があったのか、レフィーナの手を引いて、一つの店に入っていく。

「いらっしゃい！」

小さな店の奥から狐色《きつねいろ》の髪の青年が、人懐っこい笑みを浮かべながら出てきた。レフィーナは青年から視線を外して、店の中を見回す。

ハンカチやグローブなどの小物が並んでいて、シンプルながらも、どれも質がよさそうだ。

「ここにあるのは全部、俺の手作りなんだ！　品質は保証するよ！」

「……たしかに、手触りがいいものばかりね。しかも、この質でこの値段は安いわ」

近くにあったハンカチに触れる。滑らかな布地は触り心地がいい。貴族が使う高価なものと同じくらい質がよさそうだ。

繋いでいた手が離れたのでヴォルフを見ると、彼は狐色《きつねいろ》の髪の青年と話していた。

レフィーナはヴォルフから離れ、ゆっくりと店の中を見て回る。

「……綺麗……」

壁に飾ってあったレースでできたグローブを見て、レフィーナは思わず呟く。繊細に編み込まれたレースは芸術のように美しい。

令嬢のときなら買ってしまっていたかもしれない、と値段を見るが、これは値段がついていなかった。

「あ、それは売りものじゃないんだ」

「こんなにいいものなのに？」

「うん。これはねえちゃんに作ってもらった大切なものでさ。俺の結婚式のときに嫁がつけたんだ」

照れた様子で、でも幸せそうにはにかむ青年に、レフィーナはほっこりとした気分になった。

「……あ！　決まった？」

レフィーナと和《なご》やかに話していた青年が、ふとヴォルフの方を見て声を上げた。そのままそちらに向かったので、レフィーナも後に続く。

「このままでいい」

「じゃあ、たしかに。つけるならあそこに鏡があるよ」

「ああ、借りよう」

何かを買った様子のヴォルフは青年に代金を渡すと、首を傾げているレフィーナのもとまでやってくる。

そして、レフィーナの肩を軽く押して、壁際まで移動させた。そこには姿見があり、近くの棚には二つ折りの鏡が置いてある。レフィーナはヴォルフにされるがまま、姿見の前に立った。

「ヴォルフ？」

「少し髪を触るぞ」

「え、ええ……」

亜麻色《あまいろ》の髪に、慣れない手つきでヴォルフが触れる。レフィーナは疑問に思いつつもじっと終わるのを待った。

「よし、終わったぞ」

「？」

「よく似合ってる」

ヴォルフが、棚に置いてあった二つ折りの鏡をレフィーナの頭の後ろで開く。合わせ鏡になって後ろが見えたレフィーナは、ぱっと彼の方を振り返った。

鏡には黒のレースリボンが映っていたのだ。

「十七歳の誕生日、おめでとう」

「このレースリボン……」

「黒なら普段からつけていられるだろう？」

レースは先ほどの指輪よりは高価ではないものの、手間がかかるのでそれなりの値段がする。

レースでできたリボンはとても綺麗で、一目で気に入った。

レフィーナは嬉しくなって、ふわりと顔を綻《ほころ》ばせる。

「ありがとう！」

「……っ」

可愛らしく笑ったレフィーナを見て、ヴォルフが頬を一瞬で染めた。レフィーナはそれに気づかず、ご機嫌に鏡を見つめている。

「……気に入ったか？」

「ええ！」

「そうか」

ヴォルフが口元を緩めて優しげに笑う。それを鏡越しに見ていたレフィーナは、こっそりと熱くなった頬に手を添えた。

色々あったが、ヴォルフと誕生日を過ごせてよかった、とレフィーナは幸せな気分に浸りながら微笑みを浮かべたのだった。

◇

翌日、レフィーナたちはプリローダの王城の城門にいた。これから城を出て、いよいよロト湖へと向かう。

見送りにはプリローダの王太子であるフィーリアンと、レイが来ていた。レイはずっと俯いていたが、やがて、レフィーナの前に来ると顔を上げる。

「レフィーナ……」

「レイ殿下……」

少しためらった様子を見せたレイは、一度ヴォルフに視線を移してから、再びこちらに視線を戻す。そして、にっこりと笑った。

「レフィーナ。ぼく、レフィーナを好きになってよかった」

「え？」

「誰もぼくのことを気にしてくれないと思い込んでいたけど、レフィーナはそうじゃないって教えてくれた。……ぼくを好きになってくれなかったことは悔しいけど……でも、レフィーナが好きな人と一緒にいることが大事だよね……」

「レイ殿下……」

「だから、ぼくは……レフィーナのこと好きだけど、諦めるよ」

どこかスッキリとした表情のレイは、一昨日の舞踏会のときよりも大人びている。

レフィーナが驚いていると、レイはぎゅっと彼女に抱きついた。

「ありがとう、レフィーナ！」

「レイ殿下……私の方こそ、好意を寄せてくださってありがとうございました」

「うんっ。……ヴォルフに意地悪されたらぼくに言ってね！　こらしめるから！」

涙声で、しかし涙は流さず、レイはゆっくりとレフィーナから離れて笑みを浮かべた。レフィーナも優しい笑みを返して、こくりと頷く。

レイはそれを見てから、今度はヴォルフの前に来ると、びしっと指を突きつけてニヤリと笑う。

「約束忘れないでね！　忘れたらレフィーナはぼくがもらうから！」

「……はい、レイ殿下」

ヴォルフはレイの言葉に、すっと胸に片手を当てて頭を下げた。

二人の間で交わされた約束を知らない者たちは、話を聞いてきょとんとしている。

「さあ、レイ。もうそろそろ、出発のお時間だ」

「はい」

「レオン殿下、どうか残りの滞在も我が国で楽しんでください」

「はい、ありがとうございます」

レオンとフィーリアンが笑顔で握手をする。そして、レオンとドロシーが先に馬車に乗り込んだ。

「レフィーナさん。ボースハイト伯爵や貴族の令嬢たちが失礼なことを言ったと聞きました。……私が代わってお詫《わ》びします。申し訳ありません」

「フィ、フィーリアン殿下、恐れ多いことですわ」

どうやら舞踏会での一件は、フィーリアンの耳にも入っていたらしい。謝罪の言葉を述べる王太子にレフィーナは慌てる。

「気にしていませんから。……それでは、私もそろそろ馬車に乗ります」

「ありがとうございます。お気を付けて」

「じゃあね、レフィーナ！」

「フィーリアン殿下、レイ殿下、ありがとうございました」

ぺこりと頭を下げてから、レフィーナも馬車に乗り込む。そうして、レフィーナたちは王城を後にし、ロト湖へ向かったのだった。

◇

「レフィーナ！　ロト湖がもうそろそろのはずよ！　窓開けてみて！」

興奮するアンの言葉に従って、レフィーナは馬車の窓を開ける。すると、美しい光景が目に飛び込んできた。

湖畔《こはん》には沢山の種類と色の花が咲き乱れ、湖は水底がはっきり見えるほど透き通っている。よく目を凝《こ》らすと、水底にも水草の白い小花が咲き乱れていた。さすが花の国、と呼ばれるだけある光景だ。

「素敵ね……。まさに新婚旅行に相応《ふさわ》しい場所だわ……」

「そうですね……。さすがは花の国です。これだけ美しいのなら、ロト湖が有名になるのも分かりますね」

「あ、ねえ、あれじゃない？　滞在する宿って」

アンが指差した方に視線を移すと、湖畔《こはん》に立つ建物が見えた。

真っ白な建物は二階建てで、金色の柵が周りをぐるりと取り囲んでいる。景色を壊さないように配慮されているのか、とても綺麗な外観だ。

「はぁ……いいわね……。レオン殿下とドロシー様にお似合いだわ」

「絵になりそうですね」

「……レフィーナとヴォルフ様でも絵になりそうだけどね」

「そうですか？　ヴォルフ様はお顔立ちが整っているので似合いそうですけど……」

「どうしてそうなるかなぁ」

なぜか呆れた様子でため息をつかれて、レフィーナはきょとんとする。そんな和《なご》やかな雰囲気で、馬車は目的地である宿に到着した。

レフィーナはさっと馬車を降りて、レオンとドロシーの乗る馬車へと向かう。するとちょうど、レオンが馬車から降りたところだった。

「お疲れ様です、レオン殿下」

「……ああ」

まだレオンはどこか素っ気ない。怒っているわけではなさそうで、どちらかというと悩んでいる、といった様子だ。

何に悩んでいるのかはレフィーナには分からないので、言われた通りにそっとしておくしかない。そんなことを考えていると、レオンが差し出した手を借りて、ドロシーが馬車から降りてきた。

「ドロシー様、お疲れ様でした」

「レフィーナ様！　綺麗なところですね！」

「ええ。天気もとてもいいですし、よかったですね、ドロシー様」

「はい！」

嬉しそうに笑うドロシーを見つめて、レオンも幸せそうな笑みを浮かべている。

レフィーナは宿に向かって歩き始めた二人の後ろについていく。

ちらりとヴォルフを探すと、荷物を宿に運び込んでいるところだった。

レフィーナは髪をまとめているレースリボンに触れて、嬉しくなる。にやにやしていると、ぱっとヴォルフがこちらに顔を向けたので、レフィーナは慌てて手を離しつつ顔を逸らした。

こんな緩んだ表情を彼に見られたら恥ずかしい。

「レオン殿下。ようこそお越しくださいました」

「ああ。数日、世話になるよ」

「はい、よい時間をお過ごしいただけますよう、精一杯努めさせていただきます」

「レフィーナ様」

宿の支配人と挨拶をかわすレオンを見ていると、少し前に立っていたドロシーが振り返ってこっそりと話しかけてきた。

「なんでしょうか」

「先ほどレオン殿下に聞いたのですが、この宿ってプリローダで一番の商家が運営しているらしいです」

「そうなんですか……？」

まさかあのマスタードの製作者である商家が運営しているとは思わなかった。だが、こういった貴族や王族向けの宿を、大きな商家が運営するのは珍しいことではない。

「私もレフィーナ様の言っていた、変わったマスタード……食べてみたいです」

「……ご用意できるか確認しておきますね」

「はい、お願いします」

どうやらドロシーはレフィーナから話を聞いて、ずっと気になっていたようだ。

「ドロシー、部屋に行くよ」

「あっ、はい！」

「レフィーナ、私は色々確認しておくからドロシー様についていてくれる？」

「はい、わかりました」

アンの言葉に頷きながら返事をすると、レフィーナはレオンとドロシーの後についていく。

支配人に案内された部屋は広く、外観と同じように白を基調とした美しい内装で、ロト湖が一望できるバルコニー付きだ。

ドロシーがさっそくバルコニーに出たので、レオンも後を追って外に出る。

レフィーナは彼らのためにお茶の準備を始めた。

「レフィーナ、荷物はここに置くぞ」

荷物を運んできたヴォルフに、レフィーナは手際よくお茶の準備をしながら頷いた。

「はい、ありがとうございます」

「……綺麗な場所だな」

「ふふっ、そうですね。仕事とはいえ、ここに来られたのはよかったです」

「そうだな」

お茶の準備を終えるとレフィーナはそれをトレイに乗せて、バルコニーへヴォルフと共に出る。

そして、備え付けてあった白いテーブルに茶器を並べ、レオンとドロシーに声をかけた。

「レオン殿下、ドロシー様、お茶の準備ができました」

「まあ！　ありがとうございます！」

「……ごめん、ドロシー。私は少しヴォルフと一緒に宿を見回ってくるから、レフィーナと一緒にいてくれる？」

申し訳なさそうに謝ったレオンはドロシーが了承すると、ヴォルフと一緒に部屋の外へと出ていった。

「レフィーナ様、よければ一緒にお茶を飲みましょう？　せっかく淹《い》れていただいたのに、勿体《もったい》ないですもの」

「……お誘いは嬉しいのですが……」

「ここには私とレフィーナ様しかいませんから、身分の違いなんて気にしなくても大丈夫ですよ」

「……では、お言葉に甘えて……。失礼いたします」

ドロシーの言葉に頷いて、彼女の正面の席に座る。レオンのために用意した紅茶を口に含み、レフィーナは短く息を吐いた。

「ごめんなさい、せっかく用意していただいたのに……」

「いえ。私が最初に確認しなかったのが悪いですから」

「レオン殿下はミリー様の一件から、ご自分で警備を確認していらっしゃるみたいです。いつもは、少し経ってから行かれるのですが……」

レオンはあの一件から、宿の警備の最終確認を必ず自分で行うようになった。いつもは護衛の騎士たちが配置についてから確認するため、着いてからは一度休憩をとる。

だが、今日はヴォルフと共にすぐに向かってしまった。

「何か気になることでもおありなのでしょうか？」

「……たぶん、ですが……ヴォルフ様に確認したいことがあったのだと思います」

「……確認したいこと、ですか？」

「はい」

レオンがヴォルフに確認したいこととはなんだろうか、とレフィーナは難しい表情で考える。

思い浮かぶことといえば、ヴォルフの父親を名乗るアングイスのことだ。舞踏会であったことはレオンにも話してある。

「……ボースハイト伯爵のことでしょうか……」

「……それもあるかもしれませんが……おそらく、今回は違うことだと思います」

「違うことですか……。ドロシー様は何かご存知なのですか？」

レフィーナの問いに、ドロシーは少し困ったようにゆっくりと首を横に振る。

「申し訳ありません、レフィーナ様。……私からお話しすることはできません」

「そうですか……」

「……レフィーナ様はもし……」

「はい？」

「いえ、なんでもありません。……紅茶、美味しいですね」

何か言いかけたドロシーは途中で言うのをやめて、誤魔化すように紅茶を口に含んだ。レフィーナはドロシーを問いただすわけにもいかず、もやもやとしたものを抱えつつ頷いた。

「プリローダで一番大きな商家なだけあって、紅茶の品質もいいですね。お城で出されたものと同等のようです」

「そうですね。それに、レフィーナ様は紅茶の淹《い》れ方がお上手ですから」

「ふふっ……ありがとうございます」

レフィーナが空気を読んで会話に乗ってくれたことに安心したのか、ドロシーはほっとした表情になった。

王族ともなれば話せないことも沢山あるのだろう。その辺りはきちんと理解している。それに自分に関係あることなら、いずれは分かるはずだ。

「ドロシー様、お腹は空いていませんか？　軽食にサンドイッチをご用意しようと思うのですが……」

レフィーナのサンドイッチという言葉に反応したのか、ドロシーのお腹がきゅるる、と可愛い音を立てた。かなり珍しいことなので思わず目を丸くすると、彼女は恥ずかしそうに顔を真っ赤にする。

「空き、ました……」

ぼそりとドロシーが呟く。照れているのが可愛らしく、レフィーナは微笑みを浮かべて立ち上がる。

空になっていたドロシーのティーカップに新しい紅茶を注ぐと、自分のティーカップをトレイに載せた。

「すぐにご用意しますので、少しお待ちください」

「うぅ……お願いします……。あの……レフィーナ様……」

「大丈夫です。誰かに話したりしませんから」

レフィーナはそう言ってにっこりと笑うと、ドロシーを残してバルコニーから部屋に戻る。

タイミングよくアンが戻ってきたので、ドロシーのことは任せて、キッチンへ向かう。

「ドロシー様のお付きの方でございますね。いかがなさいましたか？」

キッチンの近くまで来ると支配人に声をかけられる。レフィーナはティーカップを支配人に渡し、少し考えてから口を開く。

「すみません、ドロシー様にサンドイッチをご用意していただきたいのですが……」

「はい、かしこまりました。すぐにご用意いたします」

「あの、もしよければ……マスタードをお花のものにしていただけませんか？　ドロシー様が気になっていらっしゃったので……」

「はい、承りました」

支配人は嫌そうな顔一つせず、さっと指示してサンドイッチを作らせた。

あっという間に出来上がったサンドイッチを受け取り、ドロシーのもとへ戻る。

「ドロシー様、お待たせいたしました」

「わあ！　これが例のマスタードですか！」

ドロシーが目の前に置かれたサンドイッチを見て、嬉しそうな声を出した。肝心のマスタードはパンの隙間から見える程度だったが、それでもドロシーは喜んでいる。

「ありがとうございます、レフィーナ様！」

ニコニコと笑みを浮かべてお礼を言うドロシーに、レフィーナは目を細める。

こうしてレオンとヴォルフが戻ってくるまで、ドロシーやアンと共に、レフィーナは楽しい時間を過ごしたのだった。

◇

ロト湖に到着して一週間。

穏やかに過ごした日々も今日で終わり、馬車の用意ができ次第、出発することになっていた。

宿の一階でソファーに並んで座るレオンとドロシーの前に、レフィーナは用意した紅茶を置く。

楽しかった新婚旅行を振り返っているのか、二人は和《なご》やかに談笑している。

「……やあやあ、よかった。間に合ったようですな」

支配人の制止を振り切って、一人の貴族の男がズカズカと宿に入って来た。

その場にいた全員がそちらに注目すると、その男の後ろからさらに貴族の令嬢が数人入って来る。

レフィーナは、警戒して思わず身構えた。

舞踏会でレフィーナに絡んできたアングイスと貴族の令嬢たちだ。騎士たちも彼らを力ずくで追い出すわけにはいかず、助けを求める視線をヴォルフに送っている。

「初めまして、レオン殿下。私はアングイス・ボースハイトと申します。……そこにいる騎士の父親でございます」

「……あなたが……」

王族であるレオンが滞在する宿に無理やりやってきたというのに、アングイスは悪びれることなく名乗った。王族とはいえど、自身よりも若いレオンをどこか見下しているような雰囲気だ。

そんな伯爵にレオンは不愉快な様子を隠す気もなく、ぐっと眉を寄せた。

「ほらほら、あれが君たちの婚約者になる私の息子だよ」

「きゃあ！　ヴォルフ様ぁ！」

アングイスがヴォルフを指差すと、ついてきていた令嬢たちが弾丸の如く、ヴォルフに向かって行った。一斉に彼を取り囲んで私こそは、とアピールをする。

名乗っているのを聞くと、どうやら爵位は伯爵より下位の者ばかりのようだ。

アングイスの息子となると将来は伯爵。それも、イケメンとなれば、令嬢たちが必死になるのも当然だろう。

令嬢たちに取り囲まれるヴォルフを見て、レフィーナの胸がずんと重くなる。恋人が取り囲まれていて、なんとも思わないわけがない。

今すぐ彼女たちを追い払ってしまいたいが、侍女の身分であるレフィーナにはできないことだった。

そして、騎士であるヴォルフもまた、追い払うことはできないのだ。

「さぁ、ヴォルフ。好きな女性を選びなさい。……そこにいるなんの価値もない女なんかよりも、そちらのお嬢様方の方がいいだろう。何、心配することはない。その女も下らない男に声をかけられるくらいには見目がいいのだから、お前でなくても相手くらいいるだろう」

その言葉にレフィーナはピクリと反応する。王都で二人をずっとつけ回したことを隠す気もないらしい。

ヴォルフが、レフィーナを侮辱《ぶじょく》するアングイスを鋭く睨みつけた。

「そうですよぉ、ヴォルフ様！　そーんな惨めな女よりも私の方が相応《ふさわ》しいですわ！」

「やだぁ！　私よ！」

「何言ってるのよ！　私だわっ！」

レフィーナを見下しながら、令嬢たちがヴォルフを誘惑するように身体を寄せる。

そんな令嬢たちに彼は冷たい視線を向けたが、玉の輿狙いの彼女たちには届かないらしい。

「さてさて、レオン殿下。ヴォルフは私のもとに来るので、騎士を辞めさせていただけますかな？　それと、そこの元令嬢と別れるようにとも、口添えしていただきたいですな」

勝手に話を進めるアングイスや、ヴォルフに群がる令嬢たちに、レフィーナは悔しくなって強く手を握り締めた。

もし、まだ公爵令嬢としての地位があれば……アングイスを黙らせることも、ヴォルフを取り戻すこともできるのに……

レフィーナは初めて、力がない身分になったことが辛くなった。

「……身勝手なことばかり……」

絞り出すような声で呟いたのは、レフィーナではない。怒るところなど見たことがないドロシーが、キッと目尻をつり上げてアングイスを睨みつけていた。

そんな妻の肩にレオンがぽんと手を置いてなだめる。

「ボースハイト伯爵」

「おや、なんですかな？」

「これ以上、私の国の者を見下す発言はやめていただきたい」

「それはそれは……失礼いたしました。しかし、事実でございましょう？　その女が愚かなことは。それに、所詮《しょせん》は侍女。平民を見下すくらい、構わないではありませんか。それとも……元婚約者なので情でもあるのですかな？」

小馬鹿にした物言いのアングイスに、レオンがニッコリと笑みを浮かべた。

「情なんてないですよ。自分の行いのせいですから」

「ははっ、まあ、そうですな。むしろ、婚約者として相応《ふさわ》しくないことをして、レオン殿下の顔に泥を塗ったのですから……庇《かば》う気も起きないでしょうな。……全く、女なんて大人しく男を立てておけばいいものを……」

「元婚約者に対しての情はありませんが……今のレフィーナはドロシーの侍女。最愛の妻の大切な侍女を、あなたみたいな礼儀のなっていない人が、貶《けな》すのは許せませんね」

表情は穏やかなのに、レオンから発せられた声は、聞いたことがないくらい低い。

「ボースハイト伯爵。レフィーナに謝罪をしていただけますか？　妻も……かなり怒っている様子ですしね」

「それならば、ドロシー様に謝罪いたしましょう。たしかに侍女を貶《けな》すということは主《あるじ》であるドロシー様をも貶《けな》すということ……。いやはや、失念していましたな。申し訳ない」

レフィーナになど目もくれず、さして悪いとも思ってない様子で、アングイスはドロシーに謝罪した。

彼はその場の空気がどんどん冷えていることには気づいていない。

そんな中、レフィーナは笑いながら怒るという器用なことをしているレオンに、少し驚いていた。

レフィーナがわざと婚約破棄されるよう仕向けたと知ってから、ずっと素っ気ない態度だったのにもかかわらず、今は自分のことで怒ってくれている。そのことに驚いたのだ。

レフィーナがどれだけ悪く言われたとしても、レオンは何も気にしないと思っていた。

「……さぁ、ヴォルフ。いい加減、婚約者は決まったかね」

勝手にレオンとの会話を終わらせて、アングイスがヴォルフに話しかける。ヴォルフは令嬢たちに囲まれながら、無表情のまま見返した。

「……やれやれ。まだ分からんのかね。そこの女を愛してるという感情など、一時的なものだ。貴族になるなら貴族と結婚しなければならない。いい加減、使えない女は捨てろ」

アングイスの中でヴォルフが貴族になることは決定しているらしい。そして、先ほどの謝罪はやはり形だけのようで、またレフィーナを貶《けな》していた。

レフィーナはヴォルフが貴族になるとは思っていないが、先ほどから何も話さない彼に不安になる。ヴォルフは無表情で、何を思っているのか分からない。

「……ボースハイト伯爵。どうやらレフィーナに謝罪する気もなさそうですし……これ以上はさすがに許容できませんね。即刻、そこの令嬢たちと共に立ち去っていただきたい」

「レオン殿下。これは私と息子との問題です。正直、口を出していただきたくありませんな。それに、先ほどから庇《かば》っておいでですが……舞踏会のときにはそこの侍女への態度は素っ気なかったではないですか。ドロシー様のお気に入りとはいえ、レオン殿下が謝罪を求める必要があると思えませんがね」

「……たしかに、あのときの態度は大人げなかったと認めますが……」

ピリピリとした空気の中、レオンが俯いて短く息を吐く。そして、すっとアングイスに視線を向けたとき、彼はすっきりとした表情をしていた。

「……まったく、母上がここまで予想していたとしたら、恐ろしいね」

「は？」

「あの書類とペンをここに」

「はい、かしこまりました」

「レオン殿下、もしかして……」

「ああ。待たせたね、ドロシー。……いつまでもグチグチしていたら情けないだろう？　レフィーナも許すし……、婚約者として気づくことも止めることもできなかった、その情けない事実をしっかり受け止めるよ」

ふっとレオンはドロシーに笑いかけた。ドロシーはそんな彼に満面の笑みを浮かべ、嬉しそうにレフィーナへ視線を移す。

レフィーナは何がなんだか分からず、ただただきょとんとしているしかない。……一つ分かることといえば、レオンがレフィーナを完全に許した、ということだけだ。

やがてレオンに言いつけられたものを持って、執事がやってきた。アングイスもレフィーナと同じく何が起こっているのか分からず、眉を寄せている。

その間にレオンは受け取った書類をテーブルに広げて、さらさらと何かを書き込む。

「もしや、ヴォルフの騎士の任を解く書類ですかな？　……いやぁ、さすがレオン殿下。よく分かっていらっしゃる」

「まあ！　では、ヴォルフ様は正式に貴族になるのですわね！」

「あんな身分落ちした女を捨てるときですわ！」

自分に都合のいい解釈したアングイスが、やれやれといった様子で肩を竦めた。ヴォルフを取り囲んでいた令嬢たちも、伯爵の言葉に勢いを得たのか、さらにヴォルフに馴れ馴れしく抱きつく。

そんな中でレオンが書き終わったばかりの書類をアングイスに差し出した。

「なんですかな。……王太子妃専属侍女レフィーナ。国王ガレン・アゼス・ベルトナと以下五名の名において、アイフェルリア公爵家に……戻ることを許可する……………？」

レオンから差し出された書類を読んだアングイスはザァーと顔を青くして、震える手で書類をテーブルに置いた。

レフィーナは目を見開いて、書類に視線を移す。

先ほど伯爵が読んだ文面の下には、五名のサインが書かれている。

王妃であるレナシリア、ドロシーの父であるルイス侯爵、レフィーナの父であるアイフェルリア公爵、王太子妃であるドロシー、そして……最後に王太子であるレオンの名が書かれていた。

「馬鹿な……一度平民に落ちた者が貴族に戻るなどあり得ない！」

「……普通はそうですね。レフィーナはたしかに令嬢として相応《ふさわ》しくない行動をし、ドロシーにも暴言を吐いていました。……しかし、一度も手は出していない」

レフィーナには可愛らしいドロシーに手をあげることなんて、できなかった。やっていたのは、先ほどからアングイスがレフィーナにしていたように、ドロシーを貶《けな》す発言をしていただけだ。

だからこそ、レフィーナはダンデルシア家に送られることなく、身分の剥奪《はくだつ》と侍女としての勤務を言い渡されただけで済んだのだ。

「……だからといって……」

「レフィーナを公爵家に戻すのは簡単な話ではありません。……国王や王妃は勿論、元婚約者であった私や被害者のドロシー。そしてドロシーの父であるルイス侯爵。レフィーナを公爵家から追放したアイフェルリア公爵。レフィーナに関わっていたそれらの人々の、同意のサインがなければ、ね」

普通は被害者やその家族が加害者を許すはずはないし、王族とて簡単には許可しない。だから、身分が戻ることなど滅多にありはしないのだ。

しかし、レフィーナの場合は違った。侍女になってからは真面目に働いていたし、ドロシーともメラファのおかげで話す場を作れて、早々に和解していた。またアイフェルリア公爵がルイス侯爵に正式に謝罪をしていたこと、そしてドロシーの口添えがあったことでルイス侯爵もサインを渋ることはなかったのだ。

レナシリアやガレンもレフィーナの行動の真意を知っていたので、問題はないと判断した。

そして、最後にレナシリアはすべてを知った上で、レフィーナを本当に許すのか、レオンに委《ゆだ》ねたのだ。

「レフィーナ。……君は、君が望めばいつでも公爵家に戻ることができる。仮に戻らないとしても、アイフェルリア公爵家の娘として名乗ることは許されるだろう」

「……レ、オン殿下……。でも、私は……レオン殿下にも、ドロシー様にも……酷いことを、したのに……」

立ち上がったレオンにレフィーナがうろたえながらもそう言うと、彼はふっと笑みを浮かべた。そして、テーブルに置かれた書類をすっとレフィーナに差し出す。

「そうだね。……だから、それを含めて私たちは君を許したんだよ。……レフィーナ・アイフェルリア」

「名、前……」

侍女になってからは一度も名乗っていない。その響きは雪乃として生きていたときは特に思い入れもなかったが、今は凄く懐かしく、アイフェルリアの家族とまた繋がりを得られたような気持ちになった。

胸がじん、と熱くなって、レフィーナはぐっと唇を噛み締め、涙を堪《こら》える。

「……ありがとうございます」

レオンが差し出していた書類を、レフィーナは大切そうに受け取った。

「これでレフィーナはただの侍女ではなくなりましたよ、ボースハイト伯爵」

「そ、そうですな……。公爵家、公爵家ですか！　よかったな、ヴォルフ！　公爵家のご令嬢ならば、お前に相応《ふさわ》しいではないか！」

動揺から立ち直ったアングイスは、さっと手のひらを返してレフィーナを認めた。あれだけ侮辱《ぶじょく》したのもなかったかのように、ニコニコとレフィーナに笑いかけてくる。

「やれやれ……呆れたね。ヴォルフ、もう好きにしなよ。……よく我慢したね」

レオンの言葉を聞いた瞬間に、ヴォルフがさっと令嬢たちの腕を振り払った。それほど強くはなかったが、彼女たちはレフィーナのショックから立ち直れてなかったのか、地面に尻餅をつく。

ヴォルフはそれを酷く冷めた目で見てから、すっとアングイスに視線を向けた。

「……先ほどから私があなたの息子だと仰っていますが、証拠でもあるのですか」

「は？　そんなの、当たり前だろう。こんなに姿が似ているのだから、親子に決まっている！」

「他人の空似では？　別に髪も瞳も珍しい色ではありませんし」

「……なら、母親の名前を言おう。スフェアだろう？　お前の母親は私の屋敷でメイドをしていたんだ。子供ができたから追い出したが」

アングイスの言葉にヴォルフはくっと口端を歪めて笑った。

「あいにくですが、母は男好きでしてね。あなた以外にも関係を持っていたでしょうね。それだけでは私があなたの息子だということにはなりませんよ」

「なっ……！　いいのか？　私の息子にならなければ、そこの公爵令嬢とは一緒になれないんだぞ！　貴族は貴族としか、結婚できないのだからな！」

勝ち誇った表情のアングイスを、ヴォルフは真っ直ぐに見つめ返す。

その場いた全員の視線がヴォルフに集中した。

「……それが何か？」

「なんだと……？　結婚、したくないのか？　そこの令嬢と！」

「ええ、勿論したいですよ」

「だったら、お前に残された道は私の息子として、貴族になることだろう！」

「いいえ。そんなものにならずとも……俺はレフィーナの両親が許してくれるまで、何回でも説得して頭を下げます。レフィーナと結婚できるまで、俺は諦めませんから」

そうヴォルフは迷いなくはっきりと言い切った。

「ヴォルフ様……」

「そ、そんなこと……許されるわけ……」

「ボースハイト伯爵、一つ見落としていることがありますよ？」

ヴォルフの発言に動揺していたアングイスに、レオンがニッコリと笑いかけ追い討ちをかける。

「レフィーナは公爵家にいつでも戻れますが、戻るか戻らないかを決めるのはレフィーナ本人です」

「は……？」

「つまり、レフィーナは公爵家の一員でありながら……例えばこのまま侍女として働くこともできるのですよ。令嬢として生きるか、侍女として生きるか……選ぶのは彼女自身です」

「そんな馬鹿な！　公爵家に戻るとなった以上、父親が連れ戻すだろう！」

「アイフェルリア公爵は、レフィーナの判断に任せるそうです。……一度、公爵家のためにレフィーナを見捨てた自分たちには、強制する権利はない、と仰っていましてね」

公爵家に戻り令嬢として過ごすか、今のまま侍女として働くか。それはレフィーナの判断に任される。

公爵令嬢ではなく侍女を選んだとしても、今までとは違い、家族としていつでもアイフェルリア公爵家の人々に会える。さらに、公爵家の庇護《ひご》を受けられるので、アングイスのように好き勝手振る舞う貴族たちはいなくなるだろう。

レフィーナは突然のことに驚いたが、公爵令嬢か侍女、どちらを選ぶか悩みはしなかった。

「……私は令嬢に戻る気はありません」

「そん、な……」

レフィーナにきっぱりと言われ、アングイスは脱力してその場に膝をつく。そのとき突如、聞き覚えのない声がその場に響いた。

「……おやおや。どうやら私は必要なかったようだな」

皆が一斉にそちらに視線を向ける。

宿の入口からゆったりとした服を着た男が、何人ものお供を連れて威厳たっぷりに歩いてきていた。

「こ、国王陛下……」

アングイスが真っ青な顔で震えながら呟く。

訪れた男はプリローダの国王で、アングイスに鋭い視線を向けた後、レオンに近づく。

「私の国の者が無礼な振る舞いをしてすまない」

「……どうして国王陛下がここに？」

「舞踏会でそちらの侍女に失礼なことをしたと聞いてな。何かやらかすのではないかと見張りをつけておいたのだ。……その見張りから連絡を受けて、私がここに出向いたというわけだ。……レオン殿、本当に申し訳ない」

レオンは首を横に振ると、戸惑った表情で国王に尋ねる。

「いえ……。……ところで、一つ質問なのですが、なぜ彼はヴォルフにそこまで拘《こだわ》ったのでしょう」

「……実は、奴の領民への態度、領主としてのあり方が問題となっていてな。近々、爵位を取り上げるという話になっていたのだ。そこで慌てたボースハイトが実子を探し出したというわけだ」

国王によると、庶子であっても血縁関係があればすぐに爵位を譲《ゆず》ることができるが、血縁関係がない者に爵位を譲《ゆず》るのには時間がかかるらしい。アングイスと妻の間には子供がおらず、ヴォルフのことを思い出して血眼になって探していたらしい。

そうして見つけ出した子供に爵位を譲《ゆず》ることにより、爵位の取り上げを阻止。ヴォルフを陰から操って、これまでと変わらぬ贅沢《ぜいたく》を企んでいたらしい。

話が進むにつれてレオンもヴォルフもどんどん、アングイスに向ける視線が凍りついていく。

伯爵の自分勝手な保身のために、レオンはせっかくの新婚旅行をぶち壊され、ヴォルフは令嬢に絡まれた上にレフィーナを散々侮辱《ぶじょく》されたのだ。視線や雰囲気が凍てつきそうなほど冷たくなっても仕方ないだろう。

「ボースハイト伯爵はこちらできちんとしかるべき罰を与えよう。……一つ確認しておくが、ヴォルフ・ホードンよ、伯爵位につく気はないのだな？」

「はい。私にそのような地位は不要です」

「何を言っている！　なぜ、なぜ……！　私の思い通りにならないのだ！」

「少し惜しいが……アングイス・ボースハイト、そういうことだ。……本人の意志がなければ爵位を譲《ゆず》ることができないのは知っているだろう。このわしがたしかに聞いた。もう覆《くつがえ》らぬ。……連れていけ」

国王がすっと片手を上げると、お供の者たちがアングイスを連れて宿を出ていった。それを見送った後は、残された令嬢たちに自然と視線が集まる。

「わ、私たちは……その、伯爵に言われて！」

「そうですわ！　この方の婚約者にしてくれるって言われて！」

「ええ！　そこの侍女と引き離すのを手伝ってほしいと頼まれましたの！　私たちは何も知らなかったんですわ！」

令嬢たちは必死に国王に言い繕うが、やがて勢いをなくし口を閉じた。静かになったところで国王が口を開く。

「お前たちが今すべきは私に言い訳することではないはずだ」

国王の言葉に令嬢たちはびくりと体を震わせてから、お互いに顔を見合わせた。それから、ゆっくりとレフィーナたちの方へと向き直る。

「ご迷惑をおかけして申し訳ありませんでした」

「……侍女の方にも失礼なことを言ってごめんなさい」

そう謝ると令嬢たちは揃って頭を下げた。

「……わしからも詫《わ》びよう。すまなかった。……どうか彼女らを許してはもらえないか」

「ヴォルフ、レフィーナ。君たちが嫌な思いをしたんだ。許すか許さないかは君たちが決めなよ」

レオンの言葉にレフィーナはヴォルフと顔を見合わせた。それから反省している様子の令嬢たちに視線を移す。

「俺はレフィーナが許すならそれでいい」

「……これからは下の者を見下すような発言は控えてください。それを約束してくださるのなら、私から罰を求めることはありません」

正直、好き勝手言われたのは別に気にしていない。どちらかというと、ヴォルフにベタベタとしていたほうが許せない。……とはいえ、そんな嫉妬心を詰め込んだことを言うわけにもいかず、レフィーナは反省している令嬢たちにそう告げた。

彼女たちは顔を見合わせて、こくりと頷く。それを見ていた国王が少し表情を和らげ、口を開いた。

「……寛大な処置に感謝する。……お前たち、これからはプリローダの貴族として恥ずかしくない立ち振る舞いをするように」

「……はい」

令嬢たちが落ち込んだ様子で立ち去って行く。

騒ぎが落ち着き、レオンは疲れたようにため息をついて、国王に話しかけた。

「国王陛下、私たちはもう国へ帰ります」

「む……そうだったのだな。帰り際に騒ぎを起こして申し訳なかった。ガレン王にも詫《わ》びをいれておこう。……さて、わしも見送らせてくれ」

「ありがとうございます。ドロシー、行こうか」

もう馬車の準備も整っていることだろう。アングイスによって邪魔されたが、ようやく帰国できそうだ。

レオンとドロシーが国王と共に先に宿を出ていく。騎士や宿の従業員たちも、全員外に向かい始めた。レフィーナもその後に続こうとしたが、ヴォルフに手首を掴まれその場にとどまった。

やがて誰もいなくなり、残ったのはレフィーナとヴォルフの二人だけだ。

「ヴォルフ……？」

「……レフィーナ、少しだけ……甘えさせてくれ」

ヴォルフはそう言うと、レフィーナを正面からぎゅっと抱き締めた。

「俺のせいで嫌な思いをさせて悪かったな……」

「別にヴォルフのせいではないわ。ボースハイト伯爵が身勝手なことをして、ヴォルフは巻き込まれただけよ。……それに、その、私の両親に許しが出るまで頭を下げるって言ってくれたし……嫌な思いをしただけじゃないわ」

「……ありがとう、レフィーナ」

すっと抱き締めていた体が離れて、レフィーナは少し残念な気持ちになる。そんな気持ちを片隅に追いやろうとしていると、ヴォルフの大きな手がレフィーナの左手を包み込んだ。

突然のことにきょとんとする。握られた手をそのまま上に持ち上げられ、彼の唇が薬指にそっと押しつけられた。

「なっ……何？」

思わずレフィーナがうろたえていると、ヴォルフが唇を押しつけたまま、金色の瞳を細めて笑う。

「……指輪の代わりだ」

「え？」

「……俺はお前を妻にしたい。本当は……ちゃんと指輪を用意してから伝えるつもりだったんだが、伯爵のせいで予定が狂ったからな。……指輪を用意してもう一度、ちゃんと求婚する。だから、それまでに……答えを考えておいてくれ」

ヴォルフがふわりと微笑む。そんな笑顔と、伝えられた言葉にレフィーナの心臓がどきりと跳ねた。それと同時に、カァーと頬に熱が集まる。

アングイスに言っていたときは勿論嬉しかったが、どこか現実味がなかった。だから、こうして正面から改めて言われると、恥ずかしくなる。

「答えなんて……決まってるわ」

そう、答えなんて考えるまでもなく決まっている。しかし、ヴォルフはレフィーナの言葉にゆっくりと首を横に振った。

「……結婚は一生のことだ。ゆっくりと考えて決めるべきだろう。レフィーナには後悔のない選択をしてもらいたいからな」

「……ヴォルフ……」

「……まあ、それは建前で……本音はちゃんと格好よくやり直したいだけなんだがな」

ヴォルフの言葉にレフィーナは目を丸くしてから、小さく噴き出す。笑い声を上げたレフィーナは、同じように笑うヴォルフにこくりと頷いた。

「分かったわ。……ちゃんと考えておく。だから、待ってるわ」

「ああ、助かる。……そろそろ馬車に行くか。レオン殿下たちも乗り込まれた頃だろう」

「……そうね」

ヴォルフの言葉にレフィーナは頷く。おそらくレオンたちは馬車の所でまだ国王と話をしているだろうが、あまり遅くなるわけにはいかない。

二人で並んで歩き始めると、レフィーナはちらりとヴォルフを見る。ヴォルフの横顔はアングイスのことで傷ついている様子はなく、ほっと胸を撫《な》で下ろした。

レフィーナは先ほど、キスされた左手の薬指にそっと触れる。

次にプロポーズされたときの返事を考えると言ったが、やはり答えは揺るがない。家族になれたときはヴォルフを愛さなかった両親の分まで……いや、それ以上に……彼を深く愛そうと心の中で誓ったのだった。

◇

レオンとドロシーの新婚旅行は帰りは何事もなく、無事に帰国した。

帰国してすぐ、ガレンに改めて公爵家に戻れることを言い渡され、城の中は少し騒然としたが、騒ぎはすぐに落ち着いた。

それもそのはずで、二ヶ月後には王国の創立三百年を祝う王国記念祭が控えており、騒いでいる場合ではなかったのだ。

また、レフィーナが特にいつもと変わらず過ごしていたのも、騒ぎがすぐに収まった要因の一つであるだろう。

ただ、一つ問題があったとすれば、レフィーナも王国記念祭の準備に追われ、肝心の家族と会う時間が取れないことだった。レフィーナの父親も忙しく、まったく休みが合わない。この分だと会えるのは王国記念祭の夜に城で行われる舞踏会のときになりそうだ。

そんなことを頭の片隅で考えながら、レフィーナは今日も準備に追われていた。

「レフィーナ、ドロシー様のドレスはどうなってる？」

「王国記念祭には間に合うように発注しているので大丈夫だと思います」

「そう、靴の方も問題なさそうだから順調ね」

「アン、レフィーナ様。忙しいところごめんなさい。レフィーナ様、少しお時間いただけますか？」

アンと打ち合わせをしていると、ドロシーが申し訳なさそうに声をかけてきた。ちょうど仕事に区切りがついたところだったので、レフィーナは頷く。

「はい、大丈夫です」

「……実はレナシリア殿下が、王国記念祭のときにレフィーナ様とご家族がお会いできるように、応接室を使いなさいと仰ってるんです」

「レナシリア殿下が応接室を？」

「はい。舞踏会にはアイフェルリア公爵家の方々もいらっしゃいますし、そのときに時間を取って会ったらどうか、と。おそらくレフィーナ様もアイフェルリア公爵も忙しくて予定なんて合わないのだろうからそうしなさい、とのことです」

正直、このレナシリアの気遣いは非常にありがたかった。レフィーナも会えるのは舞踏会になりそうだと思っていたので、応接室が借りられるなら助かる。父親と手紙だけはやり取りしていたので、さっそくこのことを書いて送ろうとレフィーナは考えをまとめた。

「お気遣いありがとうございます。お言葉に甘えさせていただきます」

「はい。本当はお休みをあげられたらよかったのですけど……」

「いえ。忙しいのは皆同じですし、仕事ですから仕方ないです」

申し訳なさそうなドロシーにレフィーナはきっぱりとそう言って、首を横に振った。

侍女として生きると決めているので、特別扱いも必要ないし我が儘《わがまま》を言う気もない。

ドロシーとの話が一段落つくと、アンが話しかけてくる。

「レフィーナ、お話終わった？」

「あ、はい。大丈夫です」

「悪いんだけど、ザック様に当日のドロシー様の予定表を渡して来てくれる？　警備の関係で伝えておかないといけないから」

「はい、分かりました」

レフィーナはこくりと頷いて、部屋を後にする。

部屋の外では、使用人たちがバタバタと忙しそうに仕事をしていた。その脇をすり抜けて詰所に向かっていると、途中でザックとヴォルフを見つけた。

「ザック様、少々よろしいでしょうか？」

「む？　おお！　お嬢ちゃんか！　何か用か？」

「はい。王国記念祭当日のドロシー様の予定表です」

「ふむ……たしかに。また警備について決まったら連絡するからな」

「はい。よろしくお願いいたします」

ニカッと笑ったザックにレフィーナも微笑んで、頭を下げた。頭を上げると、何やらにやついた表情でザックが自身の顎を撫《な》でていて、今度は首を傾げる。

「これは俺はお邪魔だな。後は若い二人でゆっくりしろ！　はっはっは」

「え？　あの、ザック様……仕事中……」

「何、ちょっとくらい大丈夫だろうさ！　ヴォルフ、また後でな！」

何やらお見合いの最中に抜ける親の常套句《じょうとうく》みたいなことを言って、ザックは去って行った。

ヴォルフと少し困ったように顔を見合わせて、お互いに苦笑いを浮かべる。

「……ちょうどいいから話しておくけど、家族とは王国記念祭のときに会うことになりそうなの」

「そうか……。少し先だが、会えることになってよかったな」

「ええ。公爵家を出るときはもう会うこともないと思っていたから、少し緊張するわ」

「……会うのはいつになりそうなんだ？」

「多分、舞踏会の前になると思うけど……」

「そうか。じゃあ、家族に会う前に少し会えないか？　……その方が緊張もほぐれるだろ？」

レフィーナはヴォルフの言葉に、少し考えてから頷いた。舞踏会の前はアンがドロシーについていてくれるので、彼と会う時間くらいなら取れるだろう。

久しぶりに家族に会う前にヴォルフの顔を見られたら、緊張も和らぐかもしれない。

「ええ。そうしてくれると嬉しい」

「じゃあ、詳しい時間がわかったら教えてくれ。その時間は空けておくから」

「分かったわ。……あまり長いこと抜けると大変だから、そろそろ戻るわね」

「ああ、またな」

ヴォルフは小さく笑って、レフィーナの頭を優しく撫《な》でた。

舞踏会の前に会う約束をしたレフィーナは少し名残《なごり》惜しく感じつつも、ヴォルフと別れて仕事へと戻ったのだった。

◇

「……お疲れ様、レフィーナ……」

王国記念祭当日の夕方。

ぐったりとした様子で椅子に座るレフィーナに、アンがそう声をかけて気遣う。

王国記念祭で王族はかなり過密なスケジュールをこなす。城で舞踏会が開かれるだけではなく、王都でも祭りが開催される。王太子であるレオンや妃のドロシーは王都で開かれる祭りに招待されたり、国立孤児院を訪問したり、パレードのように馬車で王都を巡ったりと、王族としての仕事があったのだ。

当然、ドロシーの侍女であるレフィーナもかなり忙しかった。

「……夕方までレフィーナがメインで動いてくれたおかげで、私はそんなに疲れていないから後は一人でも大丈夫よ。レフィーナは少し休んだらヴォルフ様や公爵家の方々に会いに行っていいわ」

「……ありがとうございます。後はお願いします」

「ええ、任せておいて」

アンは笑顔で頷いて返事をし、部屋から去っていった。

レフィーナは疲れた体をほぐすために思い切り伸びをする。疲れを引きずったままヴォルフや家族と会いたくはない。

誰もいないので遠慮なくゆったりと寛《くつろ》いでいると、扉をコンコンと軽くノックする音が聞こえた。

「はい」

静かに扉が開いて、男が入ってきた。その見覚えのある男に、レフィーナはがたりと椅子から立ち上がるとすぅっと大きく息を吸い込んだ。

「あー！　待った待った！　侵入したわけじゃねぇから、叫ぶな！」

レフィーナが何をしようとしたのかすぐに悟った男……ベルグが慌てた様子で早口にそう言った。

レフィーナはとりあえず口は閉じたものの、警戒気味にじっとベルグの動向を窺《うかが》う。

「前に言っただろ、足は洗ったんだよ。今の俺は裏稼業《うらかぎょう》じゃねぇ」

「ならなぜ、こんなところにいるのですか」

「今の俺は貴族サマの従者だよ」

「……はぁ……？」

レフィーナは思わず眉を寄せた。それからベルグの爪先から頭の先まで見回す。

燕尾服《えんびふく》のように従者と一目で分かる服ではないが、たしかに以前会ったときよりもちゃんとした服装だ。

「信じてねぇのか？」

「……ベルグ。道を聞くのにいつまでかかっているのさ」

疑わしそうに見ていたレフィーナにベルグが肩を竦めると、見知らぬ男が開いたままの扉から現れた。

質のいい服に身を包んだ男は、一目で貴族と分かる。明るい茶色の髪に同じく茶色の瞳をした若い男に見覚えはなく、おそらく社交界でも会ったことはないだろう。

「ああ、わりぃ」

「また言葉遣いがなっていないね。ミーシャに怒られるよ」

「……それは勘弁してもらいたい、です」

「……あの……その人は本当に従者なのですか？」

まだ信じられず、レフィーナは思わずそう声をかけた。

貴族の男はレフィーナに気づき、にこやかな笑みを浮かべる。

「うん。この男はたしかに僕の従者だけど、何かあった？」

「……いえ……ならいいのですが……」

「ほらな」

「……ふーん。彼女と知り合いなんだ」

「う……。いや、ちょっとな……」

ベルグがなぜか誤魔化すように惚《とぼ》けるので、レフィーナは首を傾げる。ベルグなら別に隠しだてせずに話しそうなものだが。

「ねぇ、名前を……」

「あー！　あー！　ミシェラスサマ！　さあ、舞踏会に向かいましょうー」

「……なるほど。彼女が例の人だね？」

ミシェラスと呼んだ貴族の男を早々に部屋から出そうとするベルグに、ミシェラスが何か勘づいた様子でレフィーナを見た。

レフィーナはというと状況がよく分からず、二人の成り行きを見守っている。

「ベルグ、下がって。これ命令ね」

「ぐっ……くそ……」

「……ミーシャに言いつけるよ」

「………」

二人の攻防は、ミシェラスが勝利した。

改めてレフィーナに向き直ったミシェラスが、口を開く。

「初めまして。僕はミシェラス・ダンデルシア。……君がレフィーナだね？」

「ダ、ダンデルシア……？」

「そう。君が我が家に送ってくれたのは活きがよくて、おかげでミーシャがご機嫌だったよ」

ニコニコと笑うミシェラスを、レフィーナは口をポカンと開けて見つめる。城で禁止されている体罰を行っていた元侍女長や、ドロシーの暗殺を企《くわだ》てたミリーが送られたダンデルシア家。その家の人物を見るのは初めてだ。

ダンデルシア家当主は一応男爵位にあるが、社交界では見たことがない。年齢的に考えて、彼はダンデルシア男爵の息子だろう。

「あの……」

「元侍女長を足蹴にして、ミリーにはきつい言葉をかけたらしいね」

「は、はぁ……。そんなこともあったかもしれませんが……」

「しかも、ベルグの口説きはことごとく拒否……、あぁ、素晴らしい！　君は逸材《いつざい》だ！」

なぜか急に興奮した様子で茶色の瞳を輝かせるミシェラスに、レフィーナは口端を引きつらせた。

「しかも美人！　完璧だね！　さぁ、僕も足蹴にして！」

………ダンデルシア家の子息は、まさかのドMの変態だったようだ。

興奮気味で鼻息荒く近づいてくるミシェラスに、レフィーナは口端を引きつらせたまま回避策を考える。

しかし、さすがにこんないかにもな変態を目の前にしたことのないレフィーナには、中々いい考えを思いつかない。ただの変態なら護身術で倒すこともできるのだが、何せドMである。喜ばせるだけだ。

「い、いえ。あの、私はそういった趣味はありませんので……」

「じゃあ試そう！　僕を痛めつけたら目覚めるかもしれないし！　僕も嬉しいから！」

使用人の墓場とまで言われ、さらに身分が剥奪《はくだつ》された者が送られるダンデルシア家。彼らはもっと厳しそうというか、心ない冷たい人たちというか、そんなイメージだったのだが……。残念ながらミシェラスはそれとはかけ離れていた。

彼がそうなだけで、ダンデルシア男爵はイメージ通りの人物なのかもしれないが。

「暴走し過ぎだ！」

「ベルグ、邪魔しないでよ！」

「いや、するだろ！」

手を伸ばせば触れられそうなくらいまで、レフィーナに近づいたミシェラスを、ベルグが襟首を掴んで止めた。そして、そのままレフィーナから遠ざける。

「何さ、別にベルグはもうこの子のこと、好きじゃないんでしょ。なら邪魔しないでよ」

ミシェラスの言葉にレフィーナがベルグを見ると、彼は乱暴な手付きで髪をがしがしと掻き乱して、深いため息をついた。

レフィーナとしてはミシェラスの言葉が本当であってくれた方が嬉しいのだが。

「……まぁ、そうだけどよ。さすがにお前みたいな変態の餌食《えじき》にさせるわけにはいかねぇだろ」

「酷いなぁ。ベルグこそ、ミーシャにしつけられて恋しちゃってる変態じゃないか」

「う、うるせぇな！」

レフィーナにとっては物凄くどうでもいい口論を始めたベルグとミシェラス。

言い争うベルグの様子を見た感じではどうやら本当のことらしく、ほっと胸を撫《な》で下ろす。もう口説かれるなんて、ありがたくないことは起きなさそうだ。

口論を止めるでもなく安堵の息をついたレフィーナは、何やらバタバタと廊下を走る音と女性の叫ぶ声が聞こえて首を傾げた。ベルグたちも気づいたのか、口論をやめる。

その直後、『バンっ！』という音が部屋に響き渡った。

「はぁー！　はぁー！」

「ヴォ、ヴォルフ様？」

開いたままの扉に手を叩きつけるようにして現れたヴォルフは、珍しくかなり息を切らしていた。どうやら先ほど聞こえた廊下を走る音は彼だったようだ。

ヴォルフはレフィーナを見ると、さっと近寄った。

「あーん！　待ってくださいまし！　騎士の方！」

ヴォルフを追いかけてきたらしいドレス姿の女性が、カツカツとヒールの音を響かせながら現れる。

可愛らしい顔立ちをした女性は明るい茶色に同色の瞳をしていた。ミシェラスをそのまま女性らしくした顔立ちをしている。

「あら。ベルグにミシェラスじゃない」

「ミーシャ、また獲物を見つけたの？」

「そうなのよぉ。騎士の方、私と楽しいこと……し、ま、しょ？」

ミーシャと呼ばれた女性が可愛らしい笑みを浮かべた。

しかし、ヴォルフは全力で首を横に振って拒否を示す。ヴォルフのそんな仕草《しぐさ》を見るのは初めてで、レフィーナは戸惑った。

「あぁん、断るなんて酷いわ。……でも、やっぱり、しつけがいがありそうですわ……。あぁ……お城が鞭打《むちう》ち禁止でなければ！　勿論、痛くもないし、跡も残しませんわ！　はあ……！」

「ねえ、聞いてよ、ミーシャ！　僕も逸材《いつざい》を見つけたんだ！　ほらあの子！」

「ん？　……まあ、美しい女性ですわね」

「そうでしょ！　あの子が元侍女長やミリーを僕たちのところに送り込んでくれた子だよ！」

「まあ！　それはたしかにミシェラスにとっては逸材《いつざい》ですわね！」

何やら二人で盛り上がるミシェラスとミーシャに、レフィーナもヴォルフも、顔を引きつらせた。

「おいおい、手がつけられねぇな。ミーシャは名乗ってもいねぇだろ」

「ベルグ、言葉遣いがなっていませんわよ」

ピシャリと冷たい声と視線で、ミーシャはベルグを見た。扇子を取り出し、ぱしぱしと手を叩くというオプション付きだ。

「でも、まぁ、たしかに名乗っていませんわね。……私はミシェラスの双子の姉でミーシャ・ダンデルシアと申します」

……ダンデルシアの子息と令嬢が変態姉弟とは……中々キャラが濃い。

弟はドMだが……姉はドSな気がする。

レフィーナはダット以来の衝撃を感じて、思わず疲れたように長く息を吐き出す。隣を見ると、ヴォルフも同じくらい長いため息をついていた。

「さぁ、騎士の方！　私と共に帰りましょう！」

「君も僕と一緒に帰ろう！」

キラキラとそっくりの笑みを浮かべて、ミシェラスとミーシャはそう声を上げる。

「「お断りします！」」

レフィーナとヴォルフは意図せず、まったく同じことを同じタイミングで言い放った。

「はぁー……、お二人さん。怖ーい王妃サマに城で好き勝手に勧誘するな、って言われてるだろ」

ベルグの一言で、ミーシャとミシェラスの表情が凍りついた。そして、二人で顔を見合わせると同時に顔を引きつらせながら、笑みを浮かべる。

「きょ、今日は無理そうね」

「そ、そうだね」

氷の王妃の名はこの二人の変態にも有効らしい。なんとか難を逃れたレフィーナとヴォルフは目を合わせて、再び深いため息をついた。

「でも、いつでも待っていますわ！　騎士の方！」

「僕も君に足蹴にされるのを、心待ちにしているよ！」

「では、私たちはこれで失礼しますわ！」

ミシェラスとミーシャが部屋から出ていった。ある意味、ベルグ以上に会いたくない存在だとレフィーナは思わず遠い目をする。

もっともダンデルシア家は国境付近にあるので、よほどのことがなければ城以外で会うことはないだろう。

「……俺、なんであんなのが好きなんだ……」

ベルグがげっそりとした様子でそう呟く。レフィーナをグイグイ口説いていた面影は、もうなかった。

「……レフィーナ、もう俺はあんたを口説く元気もないから安心しろ……」

「は、はぁ……」

「それと、元侍女長は今や屋敷で一番性格がいいオバさんになっているし、頭の軽いお嬢サマも意気消沈しつつも意外と真面目に働いてるぞ。だから、そっちも安心しろ」

「え？」

「まぁ、もう会うこともねぇだろうがな。あー、そうそう、副騎士団長サマ。レフィーナのこと、ちゃんと守ってやれよー。横からかっさらわれるなよ」

「……お前に言われるまでもない。それと、お前も監視下に置かれていることを忘れるな」

「へいへい。んじゃあな」

ベルグは睨みつけるヴォルフに肩を竦めてから、ひらひらと手を振って、やる気がなさそうに去って行った。

「なんだか、嵐に遭遇したような感じね……」

「……ああ、そうだな……」

レフィーナはどっと疲れが襲ってきて、ぐったりしてヴォルフに話しかけた。ヴォルフも疲れた様子で返事をする。

それにしても、今になって元侍女長やミリーの近況を知ることになるとは思わなかった。性格の変わった二人など想像もできないが、更生したのはいいことだ。

「ところでレフィーナ。まだ家族に会うまで時間はあるか？」

「え？　……えーと、まだ大丈夫よ」

「……気分転換に庭でも散歩しないか？」

ヴォルフの提案にレフィーナはすぐに頷いたのだった。

◇

赤や白の薔薇《ばら》が美しく咲き誇る庭の中を、レフィーナはヴォルフと手を繋いでゆっくりと歩いていた。

今日は満月で月明かりだけでも十分に明るく、歩くのには困らない。

「昼間に見ても綺麗だけど、夜は月明かりで幻想的になって綺麗ね」

「ああ、そうだな」

「ふふっ、なんだか疲れが癒されるわ」

侍女としての仕事で肉体が、ダンデルシア家の双子の襲来で精神が。肉体も精神も疲れていたレフィーナは、やっと疲れが癒されるのを感じた。

この後に家族と会うことになっているが、それまでには元気になるだろう。

それに、こうしてヴォルフと一緒にいられるおかげで気がほぐれて、緊張もしなさそうだ。

「レフィーナ」

「ん？」

名前を呼ばれてそちらを見ると、真剣な、でも甘さも含んだ……そんな金色の瞳と目があった。

一瞬で緊張したレフィーナは、目を逸らすこともできずにじっとヴォルフの金色の瞳を見つめる。

そんな彼女にヴォルフは優しげに微笑むと、すっと跪《ひざまず》いた。

「……レフィーナ。俺はお前を愛している」

「ヴォ……ルフ……？」

「俺の妻になって、ずっと側にいてほしい。レフィーナ、俺と結婚してくれ」

そう言うとヴォルフはどこからか取り出したシンプルながらも美しい指輪を、レフィーナの左手の薬指にすっとつけた。ぴったりと収まったそれに、レフィーナは緋色《ひいろ》の瞳を見開いて、ヴォルフを見つめる。

優しげに微笑んだまま返事を待つ彼に、視界が滲《にじ》む。この世界で誰よりも自分のことを知っていてくれていて、この世界で誰よりもレフィーナが好きな男《ひと》。

嬉しさと幸せな気持ちが瞬く間に胸の中に広がって、返事をしようと開いた唇が震えた。

「……はい……喜んで……！」

口から出た言葉はやはり震えてしまっていた。

しかし、ちゃんと伝わったようで、立ち上がったヴォルフはレフィーナをぎゅっと抱き締める。

「ありがとう、レフィーナ。……必ず幸せにする」

「ええ……。……二人で、幸せになろう……」

少し体を離した二人は、コツンと額を合わせて幸せそうに微笑み合う。そして、少し気恥ずかしげに触れるだけのキスをした。

「レフィーナ。この後、俺もついて行っていいか？　きちんとご家族に挨拶をしたい」

「ええ、勿論よ」

「……じゃあ、行くか」

レフィーナはヴォルフと左手を繋ぎ合わせて嬉しそうに笑みを浮かべると、家族のもとへと二人で向かう。

家族と会うことになっている応接室の前まで来ると、レフィーナは先ほど和らいだ緊張感に再び包まれた。それに気がついたヴォルフが彼女を気遣って声をかける。

「レフィーナ、大丈夫か？」

「え、ええ……。でも、やっぱり、少し緊張するわね」

本当は先に来て待っているはずだったのだが、予定よりも早く家族が到着したらしく、もう中にいると先ほど侍女長のカミラに聞いたところだ。

扉をノックするために手を上げたまま、動けない。

「レフィーナ」

「分かっているわ。ただ、なんと言うか……改めてこうして会うと恥ずかしいのよ」

親に改めて謝罪し、そして感謝するというのは少し恥ずかしくて、なんだかむず痒《がゆ》い。どうやって謝ろうか、どうやって感謝を述べようか、とぐるぐる考えていたレフィーナの頭にぽんっと、大きな手が乗せられた。

「そんなに考えなくても大丈夫だろ。……雪乃からしたら突然できた家族かもしれないが、親からしたら赤子のときから大切にしてきた娘なんだ。……どんなに下手な言葉だって、どんなに上手く伝えられなくたって……きっと、許してくれる」

「ヴォルフ……」

「それに、今はレフィーナとして、今の家族を大切にしたいと思っているんだろう？」

「……そうね。私の言葉でちゃんと伝えればいいのよね」

「ああ、そうだ」

ヴォルフの言葉に気持ちが落ち着いたレフィーナは、小さく息を吸い込む。そして、左手の指輪を嬉しそうに撫《な》でてから、扉をノックした。

「レフィーナです」

「……入れ」

扉を開ける前に一度ヴォルフを見ると、彼は優しい笑みを浮かべていた。レフィーナは笑い返し、ゆっくりと扉を開ける。

ヴォルフは呼ばれるまで扉の外で待機することになっているので、レフィーナは一人で部屋に入った。

「レフィーナ!!」

「むぐっ!」

「あぁ！　レフィーナ！　会いたかったわ！」

レフィーナが部屋に入った瞬間、泣きながら突進してきた母のフィリナは、苦しいくらい思い切り娘を抱き締めた。

「お母様、レフィーナが死にそうですよ」

どこか呆れたような声を出した兄のワーデルの言葉に、フィリナはレフィーナを放し、代わりに両手で娘の頬を包み込む。

「ごめんなさい、レフィーナ。あなたを庇《かば》いきれなくて……」

「……泣かないでください、お母様。全ては自分の行いが招いたこと。お母様や……お父様のせいではありません」

「レフィーナ！」

微笑んだレフィーナに、フィリナはさらに涙を溢れさせた。レフィーナはちょっと困りながらもハンカチを取り出して、そっと母の涙を拭う。

それからソファーに座る父……アーヴァスに向き直った。

「お父様、あの……」

「……いい」

「え？」

「謝罪も感謝もいらない。……私が勝手に追い出して、勝手に戻しただけだ。お前が私に何か言う必要はない」

難しい顔で腕を組んだアーヴァスは素っ気なく言った。そんな父の様子に戸惑っていると、ワーデルがぽんっと肩を叩いて、レフィーナにの耳元で囁く。

「目尻をよく見てごらん」

「目尻……？」

「下がっているだろう？　あれは嬉しいときの癖だから、お父様もレフィーナに会えて嬉しいと思っているんだよ。……ただ、レフィーナを追い出した身だから、どう接していいか分からないんだ」

ワーデルの言う通りアーヴァスの目尻が下がっている。さらによく見ると、引き結んだ口端が上がったり下がったりしていた。気を抜けば笑ってしまう、といった感じだ。

少し不器用なところは、レフィーナが公爵家にいたときから変わっていないらしい。

「……ありがとうございます……お父様」

「……べ、別に礼は必要ないと言っただろう」

どこか照れた様子のアーヴァスにレフィーナの中に温かいものが広がって、感じ入るように目を閉じた。すると、控えめにフィリナが話しかけてきた。

「ねぇ、レフィーナ」

「……はい？」

「気になっていたのだけど、その指輪って……」

「え？」

戸惑うフィリナの言葉にはっとして、レフィーナは左手を見た。アーヴァスやワーデルも左手をじぃっと見つめている。

家族のことでいっぱいいっぱいになっていたレフィーナは、慌てて扉の外で待っていたヴォルフを部屋に招き入れた。

「あら……あなたはたしか副騎士団長ね？」

「はい。ヴォルフ・ホードンと申します」

「あらあら……もしかして……お付き合いしているの？」

少し赤くなった緋色《ひいろ》の瞳を瞬《しばた》かせて、フィリナはヴォルフとレフィーナを交互に見る。

レフィーナは家族全員の視線に恥ずかしくなりながらも、小さく頷いた。

「……はい」

「き、君はレフィーナと……その、け、結婚したいのか？」

アーヴァスが驚いた様子でソファーから立ち上がり、裏返った声でヴォルフに問いかける。

「はい。……私は彼女を心から愛しています。彼女には伴侶《はんりょ》として、これからの人生を共に歩んでもらいたいと思っています。どうか、結婚を許していただけないでしょうか」

しっかりと誠意がこもった口調でヴォルフはそう言うと、レフィーナの両親に深く頭を下げた。

「……け、結婚……」

ショックで呆然としているアーヴァスの呟きが、やけに大きく部屋に響いた。城ではレフィーナたちのことは有名になっていたが、屋敷にいる家族には伝わっていない。

呆然としてしまったアーヴァスに、フィリナはにっこりと笑いかける。

「そんなに驚くことではありませんわ。女の子は結婚してお嫁に行くものですもの」

「そ、そうだが……。君はどうしてレフィーナを選んだのだ？　君は副騎士団長という立場もあるし、顔立ちもいい。レフィーナでなくとも、妻になりたいという女性は多いだろう」

アーヴァスは少し立ち直ったのか、今度は疑わしそうにヴォルフを見ている。やっと可愛い娘と堂々と会えるようになったのに、すぐに嫁に行ってしまうというのは、父としてはあまり認めたくないらしい。

「お父様……、レフィーナが選んだのですよ……」

「それは……いや、駄目だ。きちんとレフィーナを選んだ理由は聞いておきたい」

アーヴァスの値踏みするような視線を受けながらも、ヴォルフは一切動揺を見せなかった。そして、金色の瞳を逸らすことなく真っ直ぐにアーヴァスを見つめたまま、口を開く。

「……私には……父親はおらず、母親は男性にだらしない人でした。そんな母親も、私が十五歳のときに手を出した男性の妻に刺されて亡《な》くなりました」

突然のヴォルフの話にフィリナが驚いた声を出して、口元を押さえた。アーヴァスの方はわずかに眉を動かしただけで、口を挟むことはない。

「女性が全員、母親のような人ばかりとは思いませんが……私が女性を愛することはないと思っていました」

「…………」

「そして……正直にお話しすると、私は令嬢のときの彼女を好きではありませんでした。しかし、城に来た彼女はあの頃の印象とはまったく異なり、他人のために自分を犠牲《ぎせい》にできる心優しい女性でした。そして……私の過去を知っても軽蔑するどころか、私を庇《かば》ってくれました」

そう言ってヴォルフがこちらに視線を移す。ふわりと笑った彼にレフィーナも微笑みを浮かべる。

「今は彼女のことを誰よりも愛しく思い、誰よりも大切にしたいと思っています。彼女以外の誰かでは駄目なのです。私は……レフィーナしか愛せない」

「……お父様、私も同じ気持ちです。私のことを理解してくれて、大切にしてくれるヴォルフのことを……誰よりも愛しています」

「……………」

ヴォルフとレフィーナは深く頭を下げる。それを見て声を出したのはアーヴァスではなく、フィリナだった。

「……あなた。私たちはレフィーナを家族としても見放したわ。それなのにあの子はまた私たちを家族と思って、大切な方を紹介してくれてるのよ。私たちはそれを祝福してあげるべきでしょう？」

「……………そ、うだな。ヴォルフ、といったか」

「はい」

「レフィーナのことを……頼む。誰よりも幸せにしてやってくれ」

アーヴァスは微かに潤《うる》んだ瞳で、ヴォルフを見つめ深く頭を下げた。

「レフィーナ、おめでとう」

「ありがとうございます、お兄様」

「ふふっ……。娘の花嫁姿を見られるなんて、幸せね。あなたたちの結婚に必要なものの用意や式の準備は私たちがするわ」

「お、お母様……でも……」

「レフィーナ。せめて、それくらいはさせてちょうだい。それに、娘のドレスを用意するのは母親の楽しみなのよ？」

ぱちん、とお茶目にウインクしたフィリナに、レフィーナは素直に甘えることにした。ヴォルフを見ると、再び頭を下げている。

「もう頭を上げなさい。……私たちは家族になるのだからな……。君ももう、私の息子だ」

「……ありがとうございます……っ」

アーヴァスの言葉にヴォルフは、どこか嬉しそうなほっとした表情を浮かべた。レフィーナはそんな姿を見て、幸せな気持ちに満たされる。

「レフィーナたちはどんな感じの式がいいのかしら？」

フィリナの浮かれた声に、レフィーナとヴォルフは顔を見合わせた。

二人とも招待客を沢山招いて盛大に、というタイプではない。

「家族や少しの招待客だけの……小さな式がいいです」

「そう……。なら、招待する方を二人で話して決めておいてね」

「はい」

「……お父様、お母様。もうそろそろお時間です。舞踏会に遅れるわけにはいきません」

話がまとまったところを見計らってワーデルがそう切り出した。それにアーヴァスとフィリナが頷く。

「じゃあ、レフィーナ。また話しましょうね」

「またね、レフィーナ」

「……今度、二人で屋敷に遊びに来なさい」

「はい！」

「ありがとうございます」

アーヴァスたちはそれぞれ一言ずつ挨拶をすると、応接室を後にした。残されたレフィーナとヴォルフは彼らを見送った後、ふっと二人同時に肩の力を抜く。

「ちゃんと認めてもらえてよかったな」

「はい」

「レフィーナのドレス姿、楽しみにしているからな」

ヴォルフの言葉にレフィーナは、笑みを浮かべて頷く。

結婚式までの日々は慌ただしく、でも幸せに過ぎていくのだろうな、とレフィーナは左手の指輪に触れながら、そう思ったのだった。

◇

雲一つない青空が広がる朝。

レフィーナは白い枠の窓から空を見上げていた。

今日の彼女はいつもの侍女服ではなく、純白の美しいドレスに身を包んでいる。

ドレスはレースの襟と十分丈の袖があるクラシカルなデザインで、ザックの双子の兄であるダットがレフィーナのために製作したものだ。

亜麻色《あまいろ》の髪はドレスに合わせてまとめられ、顔には丁寧なメイクが施《ほどこ》されている。

今日はレフィーナとヴォルフの結婚式の日だった。

「……ソラ……。私は今、とても幸せよ」

レフィーナとして空音に再会したとき、空音は雪乃の幸せを願ってくれた。

残念ながら妹に今が幸せだと伝える術《すべ》はないが、レフィーナは青空に向かってそっと呟く。

その直後、ノックの音が部屋に響いた。

「……はい、どうぞ」

「ご家族の方をお連れいたしました」

式場のスタッフがニコニコとそう告げ、アーヴァスたちが部屋に入ってきた。

「まあ……レフィーナ……とっても素敵ね……」

「お母様が拘《こだわ》った甲斐《かい》あって、よく似合っているね」

「ありがとうございます、お母様、お兄様」

感激した様子のフィリナにレフィーナはにっこりと笑いかける。それから何も言わないアーヴァスに視線を移すと、父は目頭を指でぎゅっと押さえていた。

レフィーナが見ていることに気づいたアーヴァスは、手を退かすときゅっと口を引き結んでゆっくりと頷く。そんな父を見て、フィリナは目を細め、優しい笑みを浮かべる。

「ふふっ、感激しているみたいね」

「お父様……」

「そろそろお時間ですので、ご準備をお願いいたします」

「はい」

「お母様はこちらを」

スタッフがフィリナにベールを手渡した。フィリナはレフィーナの正面に立つと、縁取りのレース模様が美しいマリアベールをふわりとかける。

「おめでとう、レフィーナ」

「はい……。ありがとうございます」

「私とワーデルは先に行くわね」

バージンロードを共に歩くアーヴァス以外はチャペルへと向かうために、部屋を出ていった。そして、レフィーナたちもドレスやメイクのチェックをしてからチャペルへと続く扉の前まで移動する。

「ドレスの裾をお直しいたしましたら、扉が開きますので」

「はい」

スタッフが長いベールやドレスを整えてからさっと退いた。そして、スタッフが言った通りに扉がゆっくりと開く中、不意にアーヴァスがぼそりと声を出す。

「よく似合っている。……おめでとう、レフィーナ。幸せに、なりなさい」

その言葉に返事をするよりも早く扉が完全に開いて、レフィーナは慌てて正面を向いた。

壇上にまで真っ直ぐに伸びる赤い絨毯《じゅうたん》の先には、金の装飾がされた黒の騎士服を身にまとったヴォルフが微笑みを浮べて立っている。

レフィーナは父にエスコートされながら、一歩、また一歩とゆっくりと歩いていく。

参列席に座るドロシーやレオンと目が合うと、二人とも穏やかな笑みを浮かべて祝福してくれている。

その近くにいるアンは瞳を潤《うる》ませながら、隣のカミラと同時に小さく頷いてくれた。

反対側に視線を向ければ、正装の騎士服が少々きつそうなザックと、小さく手を振るダットがいた。近くにはアードもいる。

本当に少数のささやかな式だが、レフィーナたちを祝福してくれる大切な人たちだ。

胸がいっぱいになってきたレフィーナは、徐々にぼやける視界に少し困りながらもヴォルフのもとまでたどり着いた。

「娘を……頼んだぞ」

「はい」

小さく言葉を交わしたアーヴァスは名残《なごり》惜しそうに、ゆっくりとレフィーナの手を取った。そして、その手を託《たく》すようにヴォルフの手へと渡す。

「……綺麗だ」

隣に並んだときにヴォルフがぼそりと呟く。レフィーナは甘さを含んだその声にはにかんで、彼と共に壇上へと上がる。

視線を前に移したレフィーナは、思わず息を呑んだ。そこにいたのは神父でも牧師でもなく、美しい銀髪と銀の瞳を持つ、レフィーナをこの世界に連れてきた神だったのだ。

「……な……」

「……おめでとう。レフィーナ、ヴォルフ。君たちの結婚を直接祝福したくて、紛《まぎ》れ込ませてもらったよ」

「……神に直接、結婚の誓いができるなんて凄いな」

ヴォルフがポツリと呟くと、神は口元を緩めて微笑んだ。それからこほん、と小さく咳払いをして、式を進行し始めた。どうやらこのまま最後までやってくれるらしい。

最初こそ驚いたレフィーナだったが、誓いの言葉を交わし終えた頃には、落ち着きを取り戻していた。

「それでは、指輪の交換を」

その言葉に二人はゆっくりと向き合う。用意された真っ白なリングピローには、シンプルな指輪が二つ並んでいる。そのうちの一つ……小さなダイヤが埋め込まれた指輪をヴォルフが手に取り、レフィーナの細い指にそっと滑り込ませた。

レフィーナも同じように彼の指にゆっくりと指輪を滑らせ、そっと顔を上げる。

「レフィーナ、幸せにするからな」

「……ええ。二人で幸せになりましょう」

二人だけに聞こえる声で囁き合って、レフィーナとヴォルフはこれからの幸せを誓い合うように、ゆっくりと唇を重ねた。

式が無事に終わり、沢山の祝福の拍手と共に退場した二人は、並んで外へと続く扉の前で待機する。

この後は参列者たちのフラワーシャワーを浴びながら馬車へと乗り込み、教会の周辺を巡ってから帰る予定だ。

参列者たちの準備が整うのを待ちながら、レフィーナは先ほど終わったばかりの式を振り返る。

「緊張したけどいい式だったわね」

「ああ、そうだな」

「それにしても、神様には驚いたわ」

「――それは悪いことをしたね」

「わっ！」

気配もなく突然現れた神に、レフィーナはびくりと肩を跳ねさせた。ヴォルフはとっさにレフィーナを庇《かば》ったが、神だと分かると緊張を解いた。

「驚かせたね……すまない」

「あの……」

「今日は本当におめでとう、レフィーナ。私からの結婚の祝いを持って来たんだよ。これを渡そうと思ってね」

すっと差し出されたのは真っ白な封筒だ。不思議に思いながら受け取ったレフィーナが封筒を開けてみると、半分に折り畳《たた》まれた手紙が入っていた。それを取り出して開く。

「……本来ならば絶対にあり得ないこと。しかし、神でも起こせない奇跡、というものは存在したようだね」

神の言葉と、手紙の一番上に書かれていた文字に、レフィーナは緋色《ひいろ》の瞳を見開いた。

「レフィーナ？」

「この手紙……ソラ……から……？」

手紙の一番上には『雪乃お姉ちゃんへ』と書かれていた。そして、手紙の一番下には『空音』と書かれている。

それはたしかに雪乃のことを忘れたはずの、空音からの手紙だった。レフィーナは涙を滲《にじ》ませながら手紙に目を通していく。

『雪乃お姉ちゃんへ
今まであんなに大好きだったお姉ちゃんのことを忘れていて、ごめんなさい。

お姉ちゃんが違う姿で会いに来てくれた後、すべてを思い出しました。そして、そんな私の前に神様が現れて、説明してくれました。

お姉ちゃんが私の命と引き換えに違う世界に行ってしまったこと、ずっと私を気にかけてくれていたこと……。そして、そちらの世界で大切な人を見つけたこと……

お姉ちゃん、ずっと私を守ってくれてありがとう。自分を犠牲《ぎせい》にしてまで救ってくれてありがとう。私は今、お姉ちゃんのおかげで幸せです。

外見が変わっても、名前が変わっても、お姉ちゃんは私の姉で、私は妹です。もう決して忘れません。

そちらの世界でお姉ちゃんの側にいてくれる大切な人との幸せを、こちらから祈ってます。

本当に結婚おめでとう。末永くお幸せに……

空音』

所々文字が滲《にじ》んでいる手紙に、一つ、また一つとレフィーナの流す涙が新たに滲《にじ》んでいく。肩を震わせる彼女をヴォルフが優しく寄り添って支える。

「ソラ……ありがとう……っ」

「レフィーナ、この世界の女神からもプレゼントがある。……どうやら、準備が整ったようだね」

扉の外からざわめきが伝わってきた。女神のプレゼントが何か聞く前に、微笑んだ神がすっと扉に手を翳《かざ》す。

すると、扉が勝手に音もなく開いた。

「君たち、二人の人生に幸多からんことを――……」

そんな声を残して神が一瞬にして姿を消した。それと同時に強めの風が吹き込んで来て、レフィーナは思わず目を閉じてヴォルフにしがみつく。

「これは……。レフィーナ、目を開けてみろ」

ヴォルフの言葉にゆっくりと目を開けると、真っ白なものが視界に飛び込んできた。二人で外に出て、空を見上げる。

雲もないのに大粒の真っ白な雪が、淡く光をおびながら美しく舞っていた。

「雪?」

「……これが、女神とやらからのプレゼントなのかもな」

「……とても綺麗……」

空を見上げて呟いたレフィーナの手に、ヴォルフの手が重なる。そちらに視線を向けると、優しげな金色の瞳と目が合った。

「……レフィーナ、誰よりも愛してる」

「ヴォルフ、私も愛しているわ」

お互いに愛しさの籠もった声で囁き合うと、揃って幸せそうな笑みを浮かべた。

空からはそんな二人を祝福するかのように、色鮮やかな花びらと、真っ白な雪が静かに降り注いでいたのだった――……………

番外編　神と女神の過去と再会の話

美しい女は何もない空間に一人で佇《たたず》んでいた。

銀色に煌《きら》めく瞳は長いまつ毛に縁取られ、美しい銀髪は彼女の踵《かかと》まで流れている。

遥か昔にこの世界を創造した女神……クレアは足元に広がる風景を見下ろしていた。薄い膜越しに広がるのは彼女の創造した世界だ。

いつ己が生まれ、なぜ世界を創造したのか。

そんなことなど忘れてしまったが、クレアはこの世界を見守り続けてきた。

「クレア」

ふと聞き馴染んだ声が耳に届いて、そちらに視線を移す。そしてよく知った彼の名を呟く。

「メラファーリルか」

自分と同じ長い銀髪に、銀の瞳を持つこの神はクレアの旧友だ。この世界と隣り合う世界の創造神。

隣り合うが故にすぐ行き来できる。メラファーリルはよくクレアのもとを訪れていた。

「君の世界の人間は随分とゆっくりとしているね」

「お前の世界の人間は随分とせっかちだな」

隣り合う世界でも人の文明が進む速さは違う。

もっと自分の世界の文明が進めば、医療が発達し、死に逝《ゆ》く者も減るだろうか、などとぼんやりと考える。そんなクレアの考えを読んだのか、すぐに釘を刺すように言葉がかけられた。

「クレア、干渉は駄目だよ」

「分かっている」

「……我々は世界を作り、その中で生まれる生命を見守るだけの存在だ。干渉は世界のバランスを崩す。そして、それは……」

「隣り合う世界にも多大な影響を及ぼす、だろう？」

「そうだよ」

クレアはふぅと息をついた。このやり取りは何度も繰り返してきたのだ。それこそ随分と昔から。

「お前は私を見張りに来ているのか？」

「……そんなことはないよ。心配だから来ているんだ」

「腐れ縁も考えものだな」

「やれやれ。君は人に感情移入しすぎるところがあるからね。人は我々に一番近しい存在だが、我々とは違うものだよ」

「……しつこい。分かっていると言っている」

クレアはぎろりとメラファーリルを睨みつける。何度も言われては鬱陶《うっとう》しくなるというものだ。

メラファーリルは肩をすくめると、光の粒子となって弾けた。どうやら分身体だったらしい。

クレアは長い睫毛に縁取られた銀色の瞳を閉じる。そうすれば、眼下にひろがる世界の声が次々と耳に届く。

その中でも一つの女の声だけはいつも、より鮮明に聞こえる。

『女神様、どうか村をお救いください』

こうした祈りは他にも沢山聞こえてくる。しかし、クレアはなぜかこの女の声だけ特に気になった。

森の奥の女神像の前で、もう何日もそこから動かず願い続ける女。

クレアはぎゅっと眉を寄せる。

『お願いします。私の命はどうなってもいいのです。村を疫病《えきびょう》からお救いください』

この女の祈りは純粋だ。自分のことよりも村のことを助けたいと思っている。

他者のための祈り。それはクレアの心を揺さぶる。

『お願いしますっ！』

痩《や》せ細った女の命はもう幾日も持たないだろう。クレアはメラファーリルの忠告を無意識に頭の片隅に追いやって、足を一歩踏み出す。

足が薄い膜に沈み、クレアは自身の世界へと向かう。

――それが、どんな結末をもたらすのかも知らずに。

◇

クレアはゆったりとした動作で女の前へと降り立った。銀色の髪が一瞬広がって、するりと重力に従い落ちる。

女は驚きで目を見開き、クレアをじっと見つめた。

「めが、み……様……？」

「女よ。村を救いたいか？」

「はいっ！　はいっ！」

必死に拝みながら女は何度も頷く。クレアは女と対面してなぜ、この女に惹《ひ》かれたのか分かった。

彼女の魂は純真なのだ。魂とは神や女神が人や動物に与えるもの。しかし、体の成長と共にその魂もまた変化していく。

だが、この女の魂は神が与えたままの無垢《むく》なもの。神に最も近い魂が故に、クレアはこんなにも惹《ひ》かれたのだ。

「お前に祝福を与えよう。それで村を救うがいい」

そう言いながら、ふとメラファーリルの顔が頭に浮かんだ。しかし、もうクレアは止まるつもりはなかった。心の中で旧友に謝って、女を銀色の瞳で見つめる。

彼女を救いたい。そんな思いが胸を満たす。この純真な女ならば神の力を悪用はしないだろう。

女は涙を一つこぼした。

「ありがとうございます、女神様っ」

痩《や》せこけた女の頬に両手を添えて、そっと額に口付けを落とす。すると、クレアの唇が触れた場所がほんのりと光り輝き、やがてすっと消えた。

「お前に癒しの力を与えた。それで村を救うがいい」

「はいっ！」

女は何度もクレアに頭を下げて村の方へと駆けていく。女神はもといた場所へ戻ると、また薄い膜越しに世界を、初めて祝福を授けた女を見守った。

祝福を授けた女はそれを正しく使い、村を救った。

その後も力を使って村内外の人を癒し続けていた女の毎日は忙しいものだった。幼いときから婚約者だった男と婚儀を行うこともできないくらいだ。……しかし、二人は心を通わせていて、婚儀を行わずとも幸せそうだった。

時はすぐに過ぎて、それから十年もの月日が流れた。しかし、神の力を得た女はいつまでも若々しく、元々黒色だった髪や瞳が銀色へと変貌していた。その姿は村人にとって異質なものだった。

やがて、誰かが、女は化け物だと言い始めた。

人は自分たちと違うものを嫌う。どれだけ彼女が人を助けてきたのかも忘れて、女を不気味だと、人ではないものだと騒ぎ始める。

そして、それは婚約者だった男の心も変えてしまったのだった。

女が追い詰められていく様を、クレアは薄い膜越しに見ていることしかできなかった。

もう一度手をさしのべては、また女を追い詰めてしまうのではないかという思いが、助けることをためらわせた。長い時を生きるクレアにとっては一瞬ともいえる時間。彼女にとってはそんな僅《わず》かな時間でも、女を追い詰める人間たちには十分だった。

そして、残酷な結末をクレアに見せつけた。

『熱い……熱い……！　どうしてっ！』

躊躇《ちゅうちょ》したクレアを嘲笑《あざわら》うかのように、薄い膜越しの世界で女は炎に焼かれていく。

――女を殺すために火を放ったのは、女の愛した男だった。

その様をクレアは呆然と見つめる。あれだけメラファーリルに止められていた干渉をした結果、力を分け与えた女は救った者たちに命を奪われかけている。そのことに酷く動揺していた。

『熱い……！　なんで、どうして……！　村をっ、救いたかっただけなのに！』

女の叫びが、耳にこびりつく。

『憎いっ……！　あんな村を救いたいなんて思った自分が……！　私を殺す男が……！　こんな力を与えた女神が……！　こんな世界なんて……壊れてしまえ‼』

瞬間、神に近い純真な魂がどす黒く染まる。女に与えた祝福がそれに合わせて、呪いへと変貌していく。

肉体が滅び、魂だけとなった女の憎しみを糧《かて》に呪いは世界へ干渉し始めた。

「……な、んで……こんなつもりじゃ……私が、私が殺した……。……彼女の人生を歪めてしまった……！」

この世界を創造した力は憎しみによって歪み、世界を破壊していく。

黒く染まった魂は憎しみのままに、婚約者の男を、村を蹂躙《じゅうりん》した。

「…………」

クレアはぐっと下唇を噛み締めると、指先から光の小鳥を作り出した。そしてそれにメラファーリルに向けてのメッセージを込め、この世界の外へと放つ。

遠ざかっていく小鳥から視線を逸らし、クレアは憎しみの塊《かたまり》となってしまった魂の前へ降り立った。

眼前にある魂からは、深い怒りと……悲しみが伝わってくる。

「ごめんなさい。……私のせいで……」

どす黒く染まった魂を前にクレアの瞳から涙がこぼれて、落ちた。

「一人には、しない」

憎しみに囚《とら》われる魂をクレアは自身の魂に取り込んだ。

心優しかった女に、多くの命が芽吹くこの世界を壊させたくはなかった。胸を掻きむしって取り除きたくなるほど、辛い感情が女の魂から伝わってくる。

「ごめん、なさい。ごめんなさい」

クレアは幼子のように、ただ女の魂に向けて涙を流しながら謝ることしかできない。取り込んだ女の魂は鎮《しず》まることなく、女神の魂までも黒く染め上げていく。

やがて、クレアの肉体を女の強い怒りや憎しみが炎となって焼き尽くし始めた。

「クレア……！」

一つの声が遥か頭上で弾ける。

クレアは焼き尽くされる痛みをぼんやりと感じながら、振り仰ぐ。薄い膜越しにメラファーリルが珍しく焦った顔でこちらを覗いていた。

ときには煩わしいとさえ思っていた旧友の顔に、クレアは安堵を抱く。そして、彼に向けて言葉を紡ぐ。

「……私はこの世界が死んでしまうのは嫌だ。だが……自分のせいで不幸にしてしまった彼女を消すことも選べない。許せ、メラファーリル。愚かな私は……神には相応《ふさわ》しくなかったよ」

「何を……！　君がいなくなれば、この世界は崩壊する！　君を完全に取り込んで、その怒りと悲しみの魂はこの世界を破壊し尽くす！　……その魂を消すしかないんだよ！」

「メラファーリル、私にはできない。……私の最後の我儘《わがまま》だ。どうか……この世界を守っておくれ」

膜越しのメラファーリルの顔が歪む。

悲しそうな旧友の表情に、クレアはもう一度、声にならない謝罪をして、意識を手放した。

銀の瞳が閉じられるのを見たメラファーリルは彼女の名を呼ぶ。

「……クレアッ！」

この世界の住人ではないメラファーリルがこの膜を越えることは、できない。

メラファーリルを呼びにきた光の小鳥が力なく鳴いて、消える。彼に考えている猶予《ゆうよ》などなかった。

「どれだけ時間がかかっても、君を助け出すよ……クレア。そして、君が手を出してしまった魂も……」

メラファーリルは薄い膜に触れると、ゆったりと自身の力を流し込んでいく。世界の崩壊を止めるためには彼の持つ力のほとんどを、この世界に流し込まなければならなかった。

力を流し込み終わる。今度はメラファーリルも薄い膜を通り抜けることができた。

クレアの肉体は焼き尽くされ、残った黒く混じりあった魂を、彼は自身の胸に抱き込む。

「人よ、女神よ。忘れなさい。辛いことも、悲しいことも……君たちの魂はもうこれ以上傷つかなくていい。……お眠りなさい」

メラファーリルの優しい声が、彼女たちの記憶を消しさった。それと同時に薄い光の膜が黒い魂を柔らかく包み込む。記憶は消えたとはいえ、憎悪が消えたわけではない。

メラファーリルは己の力を流し込んだことで、一体となったこの世界に意識を巡らせる。

この魂を受け入れても大丈夫そうな魂を持たぬ肉体を探しだし、そこに封じ込めた。

そして、薄い膜越しの場所に戻ると残りの力で分身を作る。本体の方はこの世界と自分の世界の維持のために、この場所にいなければならない。分身はクレアたちの魂を見守るために側に向かわせた。

メラファーリルはぐったりとした様子で、薄い膜の上に横になる。

「あぁ……さすがに疲れたな……。クレア……愚かな、優しいクレア……。そんな君を私は――……」

メラファーリルは言葉の続きを言うことなく、ゆっくりと目を閉じた。

己が干渉したが故に死んでしまい、魂までも憎しみに囚《とら》われた女と寄り添い消えることを選んだ女神。

そして、そんな旧友の願いを叶えるため、彼女たちを救うために自身の力のほとんどを使い果たした神。

この女神と神が再会を果たすのは、それから何千年も後のことだった――……

◇

薄い膜の上に横たわっていたメラファーリルのまぶたが震え、ゆっくりと銀色の瞳が現れた。

何度か瞬《まばた》きをしてから、神は上体を起こす。

「……随分と時間がかかってしまった……」

そう呟いてメラファーリルは立ち上がると、ぐるりと周りを見渡した。相変わらず何もない空間だが、ただ一つだけ違うことがある。

彼の視線の先に、銀色に光り輝く魂が浮かんでいた。

「……クレア。どうしてもとに戻らないんだい？」

クレア。……もう何千年も前に一つの間違いを犯して、人間の女の魂と混ざり合ってしまった、メラファーリルの旧友であり、彼が想う女神だ。

何千年もの時を経て、やっと救いだした彼女は魂のまま漂っている。

『……私にはもう一度、女神になる資格はない』

「もう何千年もの間、君はあの女性に寄り添い続けただろう？　彼女は今は最愛の人と幸せな時を過ごしている。……もう、許されてもいいんじゃないかな」

『……私は……彼女を不幸にした……。人生も何もかも……』

「……人の人生を狂わせたのは私も一緒だよ」

ゆったりと魂に近づきながら、メラファーリルは静かにそう言った。

魂の浄化のために。この世界の維持のために。そして、クレアを取り戻すために。そんな理由から彼は、自分の世界から雪乃をこの世界に連れてきた。

死ぬ運命だった空音を生かし、生きる運命だった雪乃を殺した。自分の都合で人の人生を狂わせたのはメラファーリルも一緒だ。

たとえ、それを雪乃自身が選んだのだとしても……

「私は君を助けるために一人の女性をこの世界に連れてきた。妹を助けるかわりに……なんて卑怯《ひきょう》な取引をしてね」

『……お前は優しい神だ。私を慰《なぐさ》めるためにそんな嘘をついているだけだろう』

「私は優しくなんてないよ。そして、嘘でもない。……魂の状態とはいえ、この世界と接続はできるだろう？」

メラファーリルの言葉で揺らいだ魂は、やがて薄い膜まで移動すると、それに魂を触れ合わせた。

『……雪乃……いや、今はレフィーナか……。彼女の魂はたしかにこの世界のものではない……』

「……これで分かっただろう？　私も君と同じだよ」

『……そうだとしても、やはり私とは違う。ただ力を与えただけで満足していた私とは……。お前はレフィーナに加護を与え、自身もできる範囲でフォローをしているじゃないか』

「そんなもの……彼女に痛い思いをさせた時点でフォローになっていないよ。ねぇクレア、この世界には君が必要なんだ。間違いを犯したとしても、再び女神としてこの世界を見守る義務がある」

薄い膜の上で揺らぎ続ける魂に、メラファーリルはそっと触れた。そして、慰《なぐさ》めるように指先で優しくなぞる。

「クレア」

『……私はっ……もう女神として見守る資格なんて……！』

「……それなら、私のために生きて。世界は君がいれば維持できるから、女神としての仕事なんかしなくていい。全部、私がやるから……だから、お願いだクレア。もう一度、君の姿を見せて？もう一度、君に触れさせて……？」

メラファーリルが縋《すが》るような声で言うと、大きく揺らいだ魂がゆっくりと人の形へと変わっていく。何千年振りに女神の姿へと戻ったクレアは、メラファーリルに背を向けていた。

メラファーリルはそんな彼女を後ろから優しく抱き締める。

「会いたかった……クレア……」

「メラファーリル……」

「……クレア、もう私を置いていかないで……。神の時間はうんざりするぐらい長いんだ」

後ろから抱き締めるメラファーリルの声や腕が震えていることに気がついたのか、クレアは静かに頷いた。

長い長い時を経てようやく彼女に再会できた。その喜びに打ち震えながら、メラファーリルは優しく囁く。

「……ねぇ、クレア。女神として生きたくないのなら、私の妻になりなよ」

「……え……？」

「君は鈍感だから全然気づいていなかっただろうけど、私はクレアが好きなんだ」

「メラファーリル？」

「そうじゃなかったら、いくら旧友とはいえここまで頑張らないよ。……それで、どうする？」

クレアの滑らかな銀髪を撫《な》でながら、メラファーリルが問いかける。顔は見えないが、髪の隙間から覗く耳が赤くなっていくのを見て、彼は喉で笑った。

やがて、たっぷりの間を置いて、クレアが口を開く。

「……我《わ》が儘《まま》を言って悪かったな。私はもう一度女神としてこの世界を見守る。今度こそ間違わない。あの女性やお前が連れてきたレフィーナが幸せに暮らせるように、私は……見守るよ」

冷静さを取り戻したクレアはよく考えた上で、再び女神としてこの世界を見守っていくと決めたのだ。

そんな彼女の言葉にメラファーリルは満足げに頷き、すぐに問いかける。

「そう。それで？」

「な、何がだ」

告白のことをクレアがうやむやにしようとしているのは分かっているが、そんなことをさせるつもりはない。

どれほど恋い焦がれてきたと思っているのだろう。簡単に引き下がれるわけがない。

「私は告白したんだよ？」

「こくっ……」

「返事は？」

逃がすつもりはない、と伝えるために、メラファーリルはクレアを抱き締める腕に力を入れた。

おどおどとしていたクレアはやがて、微かに頷く。

「わ、私なんかで、よければ……別にかまわない……」

その言葉にメラファーリルは微笑みを浮かべて、そっと彼女の銀色の髪に唇を押しつける。

そして……

「クレア、君でないと駄目なんだ」

――そう優しく囁いたのだった。

番外編　姉妹の想いは繋がって

ふと、誰かの声が聞こえた気がした。

しかし、耳を澄ましてもその温かな声はもう聞こえず、握られていたはずの手にも、何も感じない。

病室のカーテンで囲まれたベッドで眠っていた空音は、ぼんやりとそんなことを思いながら、ゆっくりと目を開けた。

「――……」

真っ先に誰かを呼ぼうとした声は言葉にならなかった。夢から覚めてしまうとその内容を忘れてしまうように……誰の名を呼ぼうとしたのか空音には分からない。

「空音さん、カーテン開けますね」

ぼうっと真っ白な天井を見上げていた空音は、カーテンに視線を移した。入ってきた看護師と目が合う。

「先生！　空音さんが！」

「どうした、何かあったのか!?」

「意識が戻られました！」

看護師に呼ばれて駆けつけた医者に診断され、今まで何があったのかを説明された。

昨日の夕方、空音は信号無視したバイクに轢《ひ》かれ、かなり危険な状態で病院に運び込まれたらしい。

だが、今の空音は事故に遭ったのが嘘だと思えるくらい回復していた。生死をさ迷う危険な状態だったはずなのに、意識ははっきりしているし傷の痛みもあまり感じない。

とんでもない奇跡だ、と病院中で噂になったが、そんなことよりも空音は胸の中で違和感を覚えていた。

何かがおかしく感じる。

何かが、誰かが、足りない。会いたい、でも誰に……？

「空音さん、顔色が悪いわ。もう横になりましょう」

「はい……」

強く覚えた違和感の正体を探るが、空音には結局分からなかった。

その後、検査結果に問題なかった空音は、無事に退院の日を迎えた。一人で病院を後にして、祖母と二人で暮らしていた家に帰る。育ての親の祖母はすでに亡《な》くなっており、今は隣に住む祖母の幼馴染であり、親友でもあった女性に助けてもらいながら一人暮らしをしていた。

玄関の扉を開けて中に入った空音はその場に立ち尽くし、ポツリと呟く。

「……あれ、こんなに……家って広かったっけ……」

祖母の遺品も整理した後で、玄関には空音の靴しかない。

なんとなく靴箱を開けてみるが、なぜか不自然に右側だけに靴が置かれている。まるで、左側にあった靴が消えてしまったかのように……

「そ、そうだ……お祖母ちゃんの靴を整理したから……こんな風に……。それに、お祖母ちゃんはもういないから、おかえりって出迎えてくれる人なんて……」

祖母が亡《な》くなってからこの家では一人だったはずだ。なのに、玄関に立つ空音はなぜか廊下の奥からの声を待っている。

『――おかえり、ソラ』

ふと、浮かんだ声はすぐにぼやけて消えてしまった。

「……っ！　誰なの……なんで、どうして……っ」

病院で目覚めたときに抱いた違和感が再び湧き上がってくる。

空音は家に上がると、頭を抱えながら家の中を歩き回った。

浮かんだ声を追いかけても消えてしまう。

不自然に空くスペースに胸が掻き乱される。

どれだけ探しても違和感の正体を教えてくれるものは何もなく、空音はただ一人、虚無感に苛《さいな》まれながらボロボロと涙を流したのだった。

◇

「あ、塩を買ってくるの忘れちゃった……」

夕食の準備をするためにキッチンに立った空音はしまった、と呟いた。

事故にあってから十六年。二十八歳となった空音は、結婚し、さらに一人の子供にも恵まれていた。優しい夫と最愛の娘に囲まれて幸せに暮らす空音だが、あのときの違和感は……大切な何かを失った虚無感は、まだ胸の奥に燻《くすぶ》ったままだ。

しかし、どこかで諦めてもいる。きっと、それを知ることはできないのだろう、と。

空音の呟きが聞こえていたのか、夫の駿也《しゅんや》が話しかけてきた。

「俺が買いに行ってこようか？」

「ううん。まだ明るいし、私が行ってくるよ。駿也はゆきのこと、見ててくれる？」

娘の名前は沢山候補があったけれど、一番惹《ひ》かれた「ゆき」という名前にした。

空音は頷く夫の腕の中で、楽しそうに笑っている娘のぷっくらした頬をつついて、鞄を持って近くのスーパーへ出かけた。

緩やかな坂を下って、いつも行くスーパーに入る。

「塩と……駿也にオレンジ買っていこう」

夫の大好物のオレンジを数個かごに入れる。喜ぶ駿也の姿を想像して、少し笑いながら空音はレジへと向かい会計を済ませた。

塩とオレンジが数個入ったビニール袋をぶら下げて、空音は来た道を帰り始める。

「夕焼けが綺麗だなぁ……」

ふと、なんとなく坂の手前で立ち止まって空を見上げる。

美しい光景を堪能《たんのう》して、空音は再びビニール袋を揺らしながら、ゆったりとした足取りで坂を登り始めた。

それにしても、今日は車も人も全然いないな、と空音は呑気《のんき》に考えながら歩く。

「わっ……！」

不意に強い風が吹き抜けて、気を緩めていた空音は驚き、思わずビニール袋を手放してしまった。

慌てて地面に落ちた袋に視線を向けると、ちょうどオレンジが一個跳び出て、坂を転がっていくところだった。空音はすぐに袋を拾ってから、転がっていってしまったオレンジを追おうとくるりと身体を反転させる。

コロコロとスピードを上げながら転がるオレンジは、坂の下にいた一人の少女の靴に当たって、ようやく止まった。

オレンジを拾い上げるために屈《かが》んだ亜麻色《あまいろ》の髪の少女に、空音は声をかけながら慌てて坂を駆け下りる。

「あっ！　ご、ごめんね！」

空音が近づくと少女がゆっくりと顔を上げる。

なぜか今にも泣き出しそうな少女は、綺麗な緋色《ひいろ》の瞳をしていた。

「あー、えっーと。ハ、ハロー？」

「日本語で大丈夫よ」

「へ？　あ、なんだ……よかった……」

「ふふっ。はい、オレンジ」

外国人のような容姿だが、少女が普通に日本語を話したので、空音は少しほっとした。そして、オレンジを受け取ってから、改めて少女を見る。

ドラマなどでしか見たことのないメイド服は、少女によく似合っていた。

思わずまじまじと見てしまい、少女が苦笑いを浮かべた。その表情に空音は少し気まずくなる。

「えっと、じゃあ、ありがとうね」

「……待って」

「えっ？」

気まずさを抱えたまま空音はオレンジの礼を言って立ち去ろうとするが、なぜか少女に手首を掴まれた。

「ソラ……」

震えて掠《かす》れた声で呼ばれた名に、空音の胸がぎゅっと強く締めつけられた。涙を流しながらこちらを見る少女に、不意に誰かが重なって、空音の頬を勝手に涙が伝う。

「……ソラ……？」

「あ、あれ、なんで……私……」

重なった誰かに、勝手に流れた涙に、空音が戸惑っていると、目の前の少女に思い切り抱き締められた。

見知らぬ少女に抱き締められた空音は抵抗するどころか、ふっと全身から力を抜く。するりと力の抜けた手からビニール袋が再び滑り落ち、地面にどさりと落ちた。

「ソラ」

「…………うん」

知らない少女だ。声も容姿も。

なのに……抱き締めてくれるこの腕のぬくもりも、愛情を感じる声も、空音はたしかに知っていた。

十二歳のときから抱き続けてきた違和感が、また胸の中に溢れ出てきて、酷くもどかしくなる。

知っているはず、なのだ。この温かさを。

「ねえ、ソラ」

不意に少女が抱き締めていた体を離した。そして、涙を流す空音の頬を両手で包み、目尻を親指で拭う。

その仕草《しぐさ》にまた空音の胸が痛む。頭に先ほどからちらつく影は、誰なのだろうか……

「ソラは今、幸せ?」

少女の問いかけに、きちんと答えなければならない気がした。空音は家族を思い出して幸せな気持ちに満たされながら微笑む。

「……うん、とても幸せだよ。夫も子供もいるから一人じゃないの」

「そっか。よかった」

空音の答えが満足するものだったのか、少女がほっとした表情を見せ、それから嬉しそうに笑う。

その笑みが、空音を焦らせる。話したいことが、伝えたいことがまとまらない。それでも今でなければならない、と彼女は何かに突き動かされるように口を開いた。

「あの！　……私はっ……あなたのこと、覚えていない……っ。でも、どこかでっ……！」

「私たちは……今日、初めて会ったわ」

何かを知っていそうな少女は、しかし、空音の言葉に首を横に振った。

「……そっ、か……」

何も思い出せず、違和感だけが胸の中でもやもやと渦巻《うずま》いて、空音は苦しい表情を浮かべる。

そんな彼女に少女は微笑みを向けて、まるで別れを惜しむように、もう一度強く空音を抱き締める。温かな温もりに、空音もまた抱き締め返した。

「怪我や病気に気をつけてね、ソラ」

その言葉に戸惑いながらも、こくりと頷く。満足げに目を細めた少女は、空音に背を向けて歩き出す。

離れていく背が寂しくて、どうしようもなく胸が苦しくて、空音は思わず声をかける。

「ねえ……！　名前っ……名前を聞いてもいい？　それと、どこに行けばまた会える……？」

少女が歩みを止め、ゆっくりと振り返った。そして優しく微笑みながら口を開く。

「レフィーナよ」

「レフィーナ……ちゃん。また、会える？」

レフィーナは最後のその問いにだけは首を横に振った。

空音は初めて会ったはずの少女との別れが息が止まりそうなほど寂しくて、もう会えないことが悲しくて仕方なかった。

しかし、レフィーナの浮かべる優しい笑みが、まるで、離れても心は近くにいるとでも伝えているようで……そんな空音の辛い気持ちを優しく包み込んだ。

「今までありがとう」

会ったのは今日が初めてで。なのに、レフィーナの言葉には長年の感謝が込められていた。

そんな少女を見つめていた空音は、ようやく違和感の正体に気づく。

ずっと誰かを探していたのだ。側にいてくれた大切な人を。

何かが欠けたような、物足りないような。そんな気持ちが答えを見つけて、すとんと胸の中におさまった。

——空音は、きっとこの少女のことを探していた。

「さようなら、ソラ」

「あ……の……！　あなたも幸せになって！　私、あなたの幸せを願っているから！　どこにいても、離れていても！」

別れは避けられない。なぜだかそう直感した空音は、寂しさも悲しさも押し込めて、大人びた表情を浮かべてそう言った。幸せそうに微笑んでいるレフィーナを、これ以上引き止めてはいけない気がしたのだ。

だから代わりに、空音はレフィーナの幸せを願う。

「大好きよ、ソラ」

レフィーナは本当に愛おしげな声でそう言った。

そんな彼女に空音は再び口を開こうとしたが、持っていた鞄から電話の着信音が鳴り響き、驚いてそちらに視線を移す。

そして、それを待っていたかのように強い風が吹いて、空音がレフィーナの方を見たときには、亜麻色《あまいろ》の髪をした少女は幻のように消えてしまっていたのだった。

レフィーナが消えた場所を見つめる空音は、鳴り続ける着信音にはっとしてスマホを取り出した。

表示された駿也の名前に、慌てて電話に出る。

『空音、よかった……。帰りが遅いから心配した』

「うん……ごめんね……」

電話越しの駿也の声にほっとする。そして、ずっと落としたままだったビニール袋を拾い上げて、もう一度レフィーナが消えた場所を名残惜《なごり》しそうに見てから、坂を登り始めた。

『空音？　どうした、泣いてる？』

「……うんっ……」

『何かあった……？』

駿也のこちらを気遣う優しい声色に、空音は震える喉を落ち着かせるため、深呼吸を繰り返す。

でも、やっぱり出た声は情けなく震えていた。

「あのね……」

『うん』

「ずっと……ずっと、探してた大切な人に会えたの。名前もね、外見もね、思い出せない、んだけどっ。たしかに……大切な人、だったんだ」

我慢しても止めどなく涙が溢れて頬を伝った。嗚咽《おえつ》混じりの言葉を、駿也は静かに聞いてくれている。

「どうして……思い出せないの……っ。会いに来てくれたのに……っ。名前すらも呼べないなんてっ……」

レフィーナはいつものように「ソラ」と呼んでくれたのに。

「……そうだ……いつも、私のこと……ソラって呼んでくれてた……」

まったく思い出せないわけじゃない、と空音は不意に気づいた。ソラと呼んでいたことも、あの優しい腕の温もりも思い出したのだ。

『空音。それだけ大切な人なら、きっといつか思い出せるよ』

「思い出せる、かな……」

『ああ、絶対に。だから、大丈夫』

駿也の頼もしい言葉が空音の胸に染み渡っていく。根拠なんてない。

しかし、今日あった出来事は、きっと空音が大切な何かを思い出すきっかけになったはずだ。

「うん、そうだね。きっと、思い出せるよね――……」

そう呟いた空音の言葉は、遠くないうちに現実のものとなる。

◇

空音がレフィーナと出会ってから、数ヶ月後のある日。彼女は久々に祖母と暮らしていた家に帰って来ていた。

今まで仕事の関係でアパートに暮らしていたが、今度からこの家に家族で住むことになったのだ。ゆきを駿也に預けて、空音は一人で掃除に赴《おもむ》いていた。

「はぁー、たまに帰って掃除してたけど、ここ最近はあんまりだったから……埃《ほこり》が凄い……」

とりあえず玄関や一階の窓を全開にしてから、空音は二階へと上がった。二階には二部屋しかなく、その内の一つが空音の部屋だ。

まずは自分の部屋に入り窓を開けてから、隣室へ向かう。隣の部屋は空《から》っぽで、使われていた気配がない。

掃除のために窓を開けた空音は、ふと開きっぱなしの押入れの中に小さな冊子を見つけ手に取った。

「なんでこんなところに……」

積もった埃《ほこり》を払う。すると、少し色あせたアルバムの表紙が現れる。カラフルな画用紙で作られたそれは手作り感満載だ。

「あれ、これは私が作ったのだ……。うん、やっぱり……」

裏側には歪《いびつ》な文字で「ソラネ」と書かれている。しかし、おかしなことに、表紙にはなぜか「へ」だけが不自然に書かれているのだ。

その前にあるはずの宛名はない。

「お祖母ちゃんへ、とかかなー？」

首を傾げながら、空音はアルバムを開いた。何枚かペラペラと捲《めく》ってみると、不器用に貼られた写真がいくつかあった。すべての写真に祖母と空音が写っている。

しかし、どれも不自然に一人分のスペースが空いていた。

「……どのページにも、名前がない……」

写真の下に歪《いびつ》な文字で説明が書き添えられている。そこには祖母と空音の名前ははっきりと書いてあるのに、もう一人いた、誰かの名前が書かれていた場所はすべて空白だった。

数枚だけの手作りのアルバムの最後のページは、空音が描いたイラストだった。

大きなかまくらをバックにして、真ん中よりやや右に空音が描いてある。そして、まるで誰かと手を繋いでいるかのように、不自然に腕が左に突き出されていた。

しかし、その手を繋いでいるはずの場所には誰も描かれていない。

「懐かしい……。たしか、いつもより凄く雪が降って……、かまくらを、作って……。でも、大きなかまくらは作れなくて。それで、いつか一緒にこの絵みたいに大きなかまくらを作ろうって約束して……」

とても上手とは言えないイラストを指でなぞる。

これは幼稚園で作ったものだ。そして、これを渡したのは大好きな――

「……お、ねえ……ちゃん……」

ためらいがちに空音から飛び出た言葉は、一瞬で彼女の中に染み渡る。

「お姉ちゃん……そうだ……ゆ、きの……雪乃お姉ちゃん……っ！」

雪乃お姉ちゃん。その言葉が鍵となって、なくしていた記憶の箱が開く。

幼稚園のとき、一緒にかまくらを作った思い出。

小学校に上がるとき、お姉ちゃんのお下がりのランドセルが誇らしかったこと。

祖母が亡《な》くなったとき、絶対に涙を見せず慰《なぐさ》めてくれたこと。

次々によみがえっていく記憶に呼応して、空白だった場所に雪乃の名前や姿が写し出されていく。

「雪乃お姉ちゃん……っ！」

いつだって優しくて、いつだって愛してくれていた最愛の姉のことを、ようやく空音は思い出す。

記憶を取り戻した彼女の脳裏にレフィーナの姿が浮かぶ。

なぜ、あのときに思い出せなかったのだろうか。

姿も声も全く違ったが、あの優しさはたしかに姉である雪乃を感じさせた。あの泣きそうな表情の意味も、安心したように笑った意味も、今ならば全部分かる。

「私の馬鹿っ……！　どうして、こんなに大切な人を忘れてたの……！」

空音はアルバムがくしゃくしゃになるのも気にせず、ぎゅっと抱き締めた。

部屋に彼女の嗚咽《おえつ》が寂しく響いて消える。

しばらく泣いていた空音はふと誰かがいる気がして、扉の方へ視線を向けた。

「……忘れてしまったのは、君のせいではないよ」

扉の前には眩《まばゆ》い銀髪と同色の瞳を持つ男が立っていて、空音にそう声をかけてきた。

「……だっ、だれ……？」

見知らぬ、そして異様な姿の男に、空音は恐怖でびくりと肩を震わせて問いかける。

「私はこの世界の創造主のメラファーリル。そして、君が知りたがっていることを話す義務がある者だ」

「か、神様……？」

普通なら信じられるはずもない言葉だが、メラファーリルには思わず信じてしまう不思議な雰囲気があった。そして、なぜか空音は彼を信じないといけない気がしたのだ。

「……忘れてしまったのは、私のせいじゃないっていうのは……」

「……天石雪乃という人物は、この世界には初めから存在しないことになっているからね。彼女は誰の記憶にも存在しない」

「……は……？」

メラファーリルの言葉に空音は思わず間抜けな声を出した。

誰の記憶にも存在しないというのなら、なぜ、自分は思い出すことができたのだ。混乱した空音はメラファーリルを見つめる。

思い出した雪乃の記憶は決して幻などではなく、また、胸に抱いたアルバムも姉が存在したことを証明していた。

「……順を追って話そうか」

そう静かに話し始めたメラファーリルの話は、まるでおとぎ話のように現実味のないものだった。

死にかけていた空音を助けるために雪乃がメラファーリルと取引をしたこと。

雪乃の魂はレフィーナとして生まれ変わり、この世界に残された肉体は空音を生かすための糧《かて》となったこと。

そして、魂と肉体が消滅したことにより、雪乃はこの世界から存在ごと消えてしまい、空音や他の人間の記憶、さらには姉に関係するものも消えてしまったこと……

それらを聞いた空音の瞳からは、また止めどなく涙がこぼれ落ちた。

「……存在が消えてしまった者を思い出すことなど、本来ならばあり得ないこと。だけど……君は思い出した。それが、姉妹の絆なのか、あるいは雪乃の寿命を君が受け継いだからなのかは、分からないけど……」

「雪乃、お姉ちゃんは、いつもそう……私のために、自分を犠牲《ぎせい》にしてばっかり……。私がお姉ちゃんを殺したんだ……っ！」

「それは違う。雪乃を殺し、空音を生かしたのは私だよ」

メラファーリルは空音の言葉を否定し、そうはっきりと言い放った。

「私の都合で君たちを振り回したんだよ。だから、君のせいではない」

もう一度はっきりと言い放ったメラファーリルに、少し冷静さを取り戻した空音は、改めて胸に抱いたアルバムに視線を移した。

空音ももう子供ではない。雪乃が自分で選んだことであって、メラファーリルのせいではないことも分かっている。

「……お姉ちゃんは、レフィーナちゃんとして会いに来てくれたんですね……」

「ああ、そうだよ。雪乃はあちらの世界で生まれ変わっても、いつでも君のことを気にかけていた」

「……お姉ちゃんらしいな……。いつでも私を心配してくれる、優しい、お姉ちゃん……」

「……雪乃は……雪乃という存在が消えてしまうことを恐れていた。しかし、君の記憶がなくても、雪乃という存在を心で覚えていてくれている。そして、君を支えてくれる人もいると知って、彼女はレフィーナとして生きる決意ができた」

「お姉ちゃんは今、別の世界で生きているんですね……」

「ああ。レフィーナとして、自分の人生を生きているよ」

メラファーリルの言葉を聞きながら、空音はレフィーナの姿を思い出す。

最後の別れのとき姉は、幸せそうな表情をしていた。

「……お姉ちゃんは、幸せですか……？　生まれ変わった人生を、支えてくれる人はいますか？」

たった一人で違う世界で生きることはきっと、空音が想像するよりも大変なはずだ。レフィーナとして生きる決意をした雪乃の側には、支えてくれる人はいるのか、ちゃんと幸せに過ごせているのか、空音には気がかりだった。

「……心配しなくていい。レフィーナには、誰よりも彼女を愛する恋人が側にいる」

「それって……」

「レフィーナは近い内に結婚するよ」

「ほ、本当ですか……!?」

予想しなかった知らせに、空音は思わず大きな声を上げた。

驚く彼女にメラファーリルは微笑みながら、しっかりと頷いた。

「……よかった。本当に、よかった……」

涙を流しながらも、空音はほっとして笑みを浮かべた。

空音の場合は駿也であったように、雪乃にも側にいてくれる人……愛してくれる人がいるならば、安心できる。それに、姉が選んだ人なら、きっと素敵な人なのだろう。

「神様、私、お姉ちゃんに会いたいです。もう一回だけでいいから……お姉ちゃんに会わせてください……！」

助けてくれたお礼も、忘れてしまっていたお詫《わ》びも、結婚をお祝いしてあげることも、何一つ空音はできていない。

しかし、そんな彼女の願いにメラファーリルはゆっくりと首を横に振った。

「……それは、できない」

「な、なぜですか……？　お姉ちゃんは会いに来てくれたじゃないですか……！」

「前とは状況が違うからだよ。前はこの世界も、あちらの世界も私の管理下にあった。しかし、今は違ってね……。その違いは大きく、人が移動するとなるとかなり危険なんだ」

「そんな……」

雪乃がレフィーナとしてこちらの世界に来たときはまだ、メラファーリルが両方の世界を管理していた。しかし、あちらの世界が女神の管理下に戻った今では、完全に別物の世界となっている。

メラファーリルが保護するにしろ、安全に世界を渡れる保証はどこにもないのだ。

「すまない。だが、もう少し落ち着いたらどんな形であれ、君たちをもう一度会わせると約束しよう」

「それは、今すぐは無理なんですね……」

「……すまない」

「……分かりました。もう一度、会えるときまで待っています。でも、お姉ちゃんの結婚は祝ってあげたいんです。言葉だけでもお姉ちゃんに伝えたい……」

すべてを思い出した今、伝えたい言葉が沢山ある。

メラファーリルはそんな空音の言葉を聞いて、少し考える素振りを見せた後に、口を開いた。

「人は危険だが、物ならば問題なくあちらに運べる。例えば、手紙とか、どうだろう？」

「手紙……」

手紙なら伝えたいことを、空音自身の言葉で伝えられる。自分で会いに行けない以上、それが最善だろう。

「書きます、手紙」

「分かった。……今は急な話で内容もまとまらないだろうから、また改めて受け取りに来るよ」

「はい……その方が助かります」

「では、また」

そう言い残すと、メラファーリルは空音が瞬《まばた》きする間に消えてしまった。

空音は少しの間、神がいた場所を眺めていたが、やがて駿也の待つ家へと帰って行ったのだった。

◇

「空音、ゆきは？」

「……今、寝たところ」

ベビーベッドで眠るゆきを見ていた空音に、お風呂から上がったばかりの駿也が問いかける。

それに答えた彼女はすやすやと眠る娘からそっと離れた。

「今日はごめんね。掃除、放り出してきちゃって」

「それは仕方ないよ。とても大切なことを思い出したんだし」

駿也にはすべてを話したが、現実味のない話でも疑いもせずに信じてくれた。

彼は元々宇宙人などもいると思っているタイプなので、神がいてもおかしくないと思ったようだ。

それに、空音は自分に嘘をついたことが一度もないから信用できるとも言ってくれた。

「それで、手紙は？」

「書けたよ。途中でまた泣いちゃったけど……」

「ん。よかったね、空音」

「うん……」

優しく頭を撫《な》でてくれた駿也に、空音は目を細めて頷いた。

そのとき、窓も開いていないのにカーテンが揺れた。そこには昼間と同じく、いつの間にかメラファーリルが立っていた。

「神様……」

「手紙が書けたようだったからね」

「こ、これが神様……？」

「うん。そうだよ」

驚く駿也に空音はくすりと笑い、手紙が入った真っ白な封筒をメラファーリルに差し出した。

「お願いします」

「……たしかに受け取った」

メラファーリルは頷きながら、しっかりと手紙を受け取った。

それから、寄り添う空音と駿也を見て、目尻を柔らかく下げる。

「次に私が君の前に現れるときは、昼間の約束を果たすときだよ」

「はい。待っています」

空音が頷いた直後、メラファーリルの姿は現れたとき同様、唐突に消えた。

「お姉ちゃん。結婚おめでとう。また会える日を待ってるね……」

メラファーリルに託《たく》した手紙が無事に姉の雪乃に届くことを祈り、空音は小さく呟く。

そして、いつか雪乃と再び会える日を待ち望みながら、空音は駿也やゆきという大切な家族に囲まれて、幸せな時を過ごすのであった――……

◇

ふっと、意識が浮上する。なぜかレフィーナは真っ白な空間で横たわっていた。緋色《ひいろ》の瞳を瞬《しばたた》かせて、起き上がる。隣にはヴォルフも横たわっていた。

頭を振ってぼんやりとする意識を覚醒《かくせい》させ、記憶を探る。

たしか、ヴォルフと共に眠りについたはずだ。だとすれば、これは夢なのだろうか、とレフィーナは首を捻《ひね》る。

夢だとしても不思議なことに、意識もはっきりしているし体も思い通りに動かせる。さらに寝着ではなくいつもの侍女服を着ていた。

どうしていいのか分からずにいると、ヴォルフが目を覚ます。

「……レフィーナ……？」

「ヴォルフ」

「ここ、どこだ？」

自分と同じく戸惑った様子を見せたヴォルフは上半身を起こして、ぐるりと辺りを見回した。

どうやら、彼も意識がはっきりしているようだ。

「起きたか。レフィーナ、ヴォルフ」

「誰だっ！」

聞いたことのない声にヴォルフがばっと立ち上がり、レフィーナを後ろに庇《かば》った。

彼の後ろから、レフィーナはそろっと声の主を覗く。

声の主は美しい銀髪に同色の瞳を持つ女性だった。かつて会ったことのある神と似た雰囲気を持つ女性に、レフィーナはそっと声をかける。

「もしかして……女神、様……？」

「女神？」

「初めまして。私はお前たちの世界の創造主……クレアだ」

クレアはそう名乗ると、レフィーナとヴォルフの顔を交互に見てから、すっと頭を下げた。

「レフィーナ。私の起こしたことで、お前を巻き込んでしまってすまなかった」

「……いいえ。ソラを助けるために自分で選んだことですから……。女神様が謝る必要はありません」

「……ありがとう、レフィーナ」

わざわざ謝罪するために来たのだろうか、とレフィーナは首を傾げる。ヴォルフがそんなレフィーナの疑問を感じ取ったらしく、クレアに話しかけた。

「謝罪のために俺たちをここに？」

「いや、それだけではない。……レフィーナは結婚式のときに空音から手紙を受け取っているな？」

「はい。……それが何か……？」

「そのときにメラファーリルが空音と、ある一つの約束を交わしていたんだ。その約束を果たすために私も協力している」

「あの、メラファー、リル……って……」

「なんだ、あいつは名も名乗っていないのか。雪乃の世界の神の名だ」

呆れた様子でクレアがため息をついた。

女神の説明にレフィーナは納得して頷く。人の姿のときは「メラファ」と名乗っていたが、どうやら本名は「メラファーリル」らしい。まぁ、改めて名乗るような場面もなかったので知らなくても仕方ないだろう。

神についてのことは一旦置いておいて、空音が交わした約束が気になって問いかける。

「その約束っていうのは、一体なんですか？」

「姉であるお前にもう一度だけでいいから会いたい、というものだよ」

「え？」

「しかし、お前が一度会いに行ったときとは状況が変わっていてな。今はかなり危険が伴う行為だ。そこで、用意したのがこの空間だ」

「この空間？」

「ああ。一言で言えば夢、だな。夢とは世界の境界線があやふやになる場所。肉体も魂も移動しないから、限りなく危険や負荷は少ない。だから、お前と空音を会わせてやることができる。ただし、少ないだけでゼロではないからな。……この再会がお互いに最後だ」

クレアの言葉にレフィーナはこくりと頷いた。そして、笑みを浮かべてヴォルフを見る。

まさか手紙だけではなく、もう一度会えるとは思っていなくて、レフィーナは喜びで胸がいっぱいになった。

これで最後だとしても、すべてを思い出した空音と会えるのは本当に嬉しい。

「夢とはいえど、ここであったことは目が覚めても覚えていられるから安心しろ」

「……あの、一つ聞いてもいいですか？」

「なんだ？」

「どうしてここまでしてくださるのですか？　神様にはソラを助けてもらったし、会わせてもくれました。それに、手紙まで……」

クレアのような間違いを二度と起こさないために、神は人に干渉しないはずだ。なのに、レフィーナには充分すぎるほど色々してくれる。

勿論、レフィーナとしては嬉しいが、少々心配でもある。

「……それだけ、メラファーリルはお前たち姉妹に申し訳ないと思っているのだ。特にレフィーナには辛い役回りをさせたからな。そして、同じく空音にも辛い思いをさせた。そんな空音からのたった一つの願いだ。人生を歪ませてしまったお前たちの願いを叶えるのが、私たちからの詫《わ》びだと思っておくれ」

レフィーナは雪乃として最後に空音に会うことを願った。

空音は全てを思いだし、妹として姉に会いたいと願った。

レフィーナの願いは、すべてをメラファーリルから聞いたときに叶っている。そして、今度は空音の願いを叶えてくれるらしい。

「どうせ会うなら、互いの家族にも会いたいだろうと思ってな。ヴォルフも連れてきたのだ」

たしかに会えるのならば、レフィーナも空音の家族に会いたいと思う。

「ありがとう、ございます」

そうレフィーナはクレアに微笑みながら伝えた。クレアは少し居心地の悪そうな表情を浮かべ、何もない空間を見つめ呟く。

「……どうやら、メラファーリルの方も準備ができたようだ」

その直後、真っ白な空間が一瞬にして色に溢れる。下には柔らかい草が現れて、レフィーナたちの足元を擽《くすぐ》り、見上げた先には雲と青空が広がっていた。

「……凄い、一瞬で……」

草も青空も吹き抜ける風も、すべてが本物のように全身を撫《な》でていく。

ヴォルフもレフィーナと同じく驚きの表情を浮かべながら言う。

「草も本物みたいな感触だな」

「ここは夢だからな。存在するものなら形作れるし、なりたいものにもなれる。さあ、レフィーナ……行こうか」

「はい」

ゆっくりと歩き始めたクレアに、レフィーナはヴォルフと顔を見合わせてからついていく。

逸《はや》る気持ちを抑えながら歩いていくと、やがて前方に人影が見えた。それが誰のものか分かり、我慢できずにレフィーナは駆け出す。そしてそれと同時に向こうにいた空音も駆け出した。

「……お姉ちゃんっ！」

「ソラ！」

レフィーナと空音は、ぎゅっと力強くお互いを抱き締めた。

「お姉ちゃん！　お姉ちゃんっ……！　忘れてごめんね……！」

「ソラ、いいのよ。思い出してくれてありがとう……」

ポロポロと涙を流す空音に、レフィーナもまた涙を頬に伝わせながら微笑む。

そして、優しく妹の目尻を親指で拭う。それはいつも雪乃が空音にしてあげていたことだった。

「ああ……！　お姉ちゃんだ……。本当に……」

「ふふ。姿は変わってしまったけどね」

「……うん。でも、ちゃんとお姉ちゃんって分かるよ」

涙を拭ってくれたレフィーナの手を両手で握りながら、空音も微笑む。

今はもう空音の方が大きくなった手が、すっぽりとレフィーナの手を包み込んでいた。

「お姉ちゃん。あのとき、助けてくれてありがとう……。そして、忘れてしまってごめんなさい」

「大丈夫よ、ソラ。それに、私の方こそ一人にしてしまってごめんね」

「……お姉ちゃん……」

「……さあ、ソラ。もう謝るのはおしまいにして、私に家族を紹介してくれる？」

「……うん！」

今まで姉妹の再会を静かに見守っていたヴォルフと駿也が二人に近づいた。空音は駿也の方に行くと、夫の腕に抱かれていたゆきを受け取る。

レフィーナもヴォルフの方に向かう。するとヴォルフは優しく笑いながら、よかったな、とでもいうように頭をぽんぽんと撫《な》でた。

「お姉ちゃん。私の夫の駿也。駿也には全部話してあるから」

「……初めまして、お義姉さん。駿也と申します」

「初めまして。ソラの姉の雪乃で、今はレフィーナです。それと、今は私の方が年下だから、お義姉さんじゃなくていいわよ」

「ふふ。はい、分かりました」

今の自分より年上の駿也にお義姉さんと呼ばれるのには違和感がある。駿也の方にも少なからず違和感があったのか、彼は笑いながらすぐに頷いた。

優しそうな人で安心したレフィーナは、そっと胸を撫《な》で下ろす。

「ほら、お姉ちゃん。私の娘のゆき」

「可愛いわね……。ふふ、ほっぺがむにむに……」

「今は寝てるけど、起きてるときは目が離せないの。あっちこっち歩き回るから」

　空音の腕に抱かれて眠るゆきに、レフィーナは頬を緩ませる。起こさない程度に柔らかな頬を堪《たん》能《のう》したレフィーナは、今度は優しくゆきの黒髪を撫《な》でた。

　それを嬉しそうに見ていた空音はヴォルフに視線を移し、口を開く。

「お姉ちゃん、私にも紹介してくれる……？」

「ええ、勿論よ。……彼が私の夫のヴォルフよ」

「ヴォルフ・ホードンです」

「イケメン！」

　レフィーナの隣に並んだヴォルフに空音が思わず声を上げる。ヴォルフはイケメンの意味が分からず、不思議そうな表情をした。

「はっ！　ごめんなさい！　私は空音です」

「話はレフィーナから聞いています」

「そうですか……。ふふっ、お姉ちゃんのことを頼みますね」

　その言葉にヴォルフはこくりと頷いた。それから、顔合わせが終わったレフィーナと空音はそれぞれの家族と共に、穏やかで楽しい時間を過ごした。

　そんなレフィーナたちを静かに見守っていたクレアとメラファーリルはやがて、互いの顔を見合せて小さく頷き合う。そして、優しい声色で彼女たちに話しかける。

「……レフィーナ、空音」

「神様？」

「悪いがそろそろ時間だ。もうすぐ夜が明け、目覚めのときが来る」

「……そう、ですか……」

「もうそんな時間……。楽しい時間はあっという間だね、お姉ちゃん……」

「そうね……」

レフィーナと空音は寂しそうに見かわす。

分かっていたことだが、やはり別れは悲しく寂しい。これが最後ならばなおのことだ。

それまで話していたヴォルフと駿也は握手を交わし、お互いに妻の隣に寄り添う。

レフィーナはしゅんとした様子の空音に困った表情を浮かべて、駿也に視線を移した。

残された時間が少ない今、伝えたいことを伝えておかなければならない。

「駿也さん」

「はい」

「ソラのことをよろしくお願いします」

「……はい」

レフィーナの言葉に駿也はしっかりと頷いた。

それを見ていた空音も、ヴォルフに視線を移して口を開いた。

「ヴォルフさん。お姉ちゃんはいつも自分より他人のことを優先するし、誰かに弱音を吐いたり甘えたりできない人です。どうか、お姉ちゃんが無茶しないように、隣で見守っていてください」

「……はい。レフィーナのことを隣で支えるとお約束します」

ヴォルフの真っ直ぐな言葉と視線に、空音はほっとした様子で笑みを浮かべた。

レフィーナのことを大切そうに見ているヴォルフならば、きちんと空音との約束を守ってくれるだろう。

「ソラ」

ヴォルフと話す空音を見ていたレフィーナは、静かに妹の名前を呼ぶ。

別れの時間が近づいているせいか、レフィーナたちは足元から徐々に消えてきていた。少しずつ、少しずつ……光の粒子となって消えていく。

「お姉ちゃん」

今にも消えてしまいそうな中、レフィーナと空音は向き合って両手を絡め合い、笑う。

どちらも涙をこらえた歪《いびつ》な笑顔だったが、満足そうでもあった。

「今度はちゃんとお別れができるね」

「……そうね。あのときのやり直しね……」

病室で別れたとき、空音は眠っていた。

そして、レフィーナとして再会したときは、空音は姉のことを忘れていた。

雪乃のことを思い出した空音と、伝えたいことを伝えて別れられる。それはとても幸せなことだ。

でも、できるならば……もう一度雪乃の姿でお別れしたいと望むのは、贅沢《ぜいたく》だろうか。

「レフィーナ……？」

ふとヴォルフの戸惑った声が小さく聞こえた。

ここは神と女神が力を合わせて作った特別な夢。だからこそ、本来ならあり得ないことも起こる。

クレアは言っていた……なりたいものにもなれる、と。夢はレフィーナの思いを叶え、彼女の姿を変える。

「雪乃、お姉ちゃん……？」

少し幼さの残る顔立ちは、大人の顔立ちに。

長い亜麻色《あまいろ》の髪は短い黒色の髪に。

緋色《ひいろ》の瞳は、漆黒《しっこく》の瞳に。

その姿はレフィーナではなく、空音の姉である雪乃の姿だった。

本来なら存在しないものにはなれないこの場所で、存在が消滅してしまった雪乃になれるはずがない。それなのに、この姿になれたのはきっと空音が姉のことを思い出したからだろう。

空音の中にある雪乃との思い出に、彼女はたしかに存在していたのだから。

そして、夢は空音の姿も変えていく。レフィーナよりも大きかった手や背は縮み、顔立ちも幼くなっていった。

「お姉ちゃん……姿が戻ってる……」

「ソラ、も……別れたときと同じ姿……」

二十二歳の雪乃と十二歳の空音。

二人はまるであのときの別れをやり直すかのように、レフィーナは雪乃の姿に、空音は子供のときの姿にそれぞれ変わっていた。

「本当に、やり直しだね……」

「そうね。本当に……。もう一度、雪乃として、ソラに会えるなんて……」

「雪乃お姉ちゃんっ」

こつん、と額を合わせて姉妹は笑い合う。もう涙は堪《こら》えきれなくなって、二人の頬を濡らしていた。

そんなレフィーナたちを二人の家族は、驚きつつも優しい表情で見守っている。

「側にいてあげられなくてごめんね、ソラ。これが最後でも、生きる世界が違っても……私はソラのことを大切な妹として忘れないわ」

「私の方こそ側にいられなくてごめんなさい。雪乃お姉ちゃん、私も同じ気持ちだよ。雪乃お姉ちゃんは私の大切な……たった一人のお姉ちゃんだよ。いつまでも、どこにいても」

空音の言葉に雪乃は嬉しそうに頷いた。それを見た空音も満面の笑みを浮かべる。

そして――

「大好きだよ、雪乃お姉ちゃん」

「大好きよ、空音」

――そう二人は同時に呟くと、幸せで満ち足りた気持ちで夢から目覚めたのだった。

雪乃はレフィーナとして、空音は違う世界でこれからを生きていく。

それでも、二人の姉妹の絆はきっと……離れていても会えなくても、もう消えたりはしないだろう――……

番外編　レナシリアとガレン

レナシリア・バレンディアは、手の上にある古ぼけたペンダントの縁を指先でなぞって、小さくため息をついた。

吐き出した息は彼女の美しい金髪を揺らして、消えていく。

彼女の生まれであるバレンディア男爵家は爵位は下だが、下流階級からすれば十分な財力と、それに見合う豪華な屋敷を所有している。もちろん男爵家の一人娘であるレナシリアも令嬢として、それなりに大きな部屋で暮らしていた。……三ヶ月前、彼女の両親が病死するまでは。

両親が病死し一人となったレナシリアのもとを訪れたのは、祖父から勘当されていた伯父とその家族だった。レナシリアの唯一の親族として後見人となった伯父は、彼女を屋敷の一階にある住み込みの使用人用の部屋に追いやり、さらには窓には鉄格子を、扉には錠《じょう》をかけて自由を奪ったのだ。

そして……事実上、バレンディア男爵家は伯父一家に乗っ取られたのである。

「……お父様、お母様」

ペンダントはレナシリアの手元に残った唯一の形見だ。それをしばらく眺めてから、丁寧な手付きでポケットに仕舞う。

そっとまぶたを閉じると、亡《な》くなった両親の青白い顔が思い浮かぶ。医者は病死だと診断したが、それが嘘だという確信がレナシリアにはあった。

伯父に乗っ取られる直前まで両親の死について調べたレナシリアは、バレンディア家の使用人のほとんどが、伯父に買収されて両親に微量の毒を盛り続けていたことや、病死と診断した医者も伯父の協力者だったことを知った。

そして、男爵家を乗っ取っても、伯父にはまだ絶えぬ野心があることも……

「……あなたには、絶対にバレンディア男爵家は譲《ゆず》りません。譲《ゆず》るくらいならいっそ……。それに、私《わたくし》は殺されたりなどしませんよ……伯父様」

後見人となったとは言っても、伯父が男爵になれるわけではない。男爵家の爵位継承権はレナシリアにあり、彼女が結婚すればその夫が男爵家を継ぐことになるのだから。

伯父は継承権を得るために、レナシリアを利用し終わった後は殺そうとするだろう。しかし、彼女はまだ十七歳という若さでありながら、愚かではなかった。

「お嬢様、お食事をお持ちしました」

重い錠《じょう》が外される音と共に、侍女の声が聞こえた。そして、部屋に入ってきた侍女はパンとスープの載ったトレイを、些《いささ》か乱暴に机に置く。

むすっとした表情の侍女は伯父に買収されている一人だ。

「ちゃんと食べてください。また食べ終わった頃に来ますので」

それだけ言うと、侍女はさっさと部屋から出ていった。再び重い錠《じょう》がかけられる音を聞きながら、レナシリアは机に置かれた食事に視線を移す。

食事には手をつけずにレナシリアは窓に近づくと、静かにカーテンを開けた。鉄格子のはまった窓が現れて、外には高い生け垣が見える。

レナシリアは鉄格子の隙間に手を差し入れて、音を立てないように気をつけながら窓を開けた。

「……お嬢様……」

「ジャック……」

窓の下からこそっと姿を見せた十歳程度の子供に、レナシリアはふっと口元を緩める。

栗色の髪に、くりっとした瞳の少年だ。

ジャックと呼んだこの少年は、この屋敷で唯一の味方である。

高い生け垣に囲まれているため、この部屋は外からは見えない。伯父にとってそこが都合がよかったのだろうが、レナシリアにとってもまた、都合がよかった。

「パンとお水です」

「ありがとう」

ジャックが差し出した袋を鉄格子越しに受け取り窓から離れて、先ほど侍女が持ってきた食事のところに向かう。

そして、袋の中から水の入ったボトルを出すと、机の中に布で包んで隠しておいたコップに注いだ。次に袋からパンを取り出して、代わりに皿の上のパンを袋に放り込む。それが終わるとレナシリアはまた窓に戻って、その袋をジャックに渡した。

「決して食べてはいけませんよ」

「はい。……僕、こんなことしかできなくて……ごめんなさい」

「いいえ。ジャックのおかげで私は助かっています。……謝るのは私の方ですよ。巻き込んでしまってごめんなさい」

「そんな……！　お嬢様は孤児の僕を拾って、こうして馬の世話係として雇ってくれました！　そんな僕がお嬢様を助けるのは当たり前です……っ」

「ありがとう。だけど、恩に囚《とら》われる必要はありません。もし、危険だと感じたのなら、迷わず私を切り捨てなさい」

ジャックの栗色の髪を撫《な》でながらも、レナシリアはそう突き放す。

「そんな……。僕が来なくなったら、お嬢様は殺されてしまいます……」

ぎゅっと袋を握り締めて、ジャックは悔しそうな声を出した。

レナシリアの食事には、両親を緩やかに蝕《むしば》み死に追いやった毒が盛られている。おそらく、自分も病死に見せかけるために、ゆっくりと毒殺するつもりなのだろう。

そのことにこの部屋に閉じ込められた初日の食事で気づいたレナシリアは、心配でこっそりと様子を見に来たジャックに、こうして食事を持って来てもらっているのだ。

もし、彼が来なくなったら毒入りの食事をするか……餓《が》死《し》するしかなくなるだろう。

伯父はレナシリアが両親の死の真相に気づいていることも、食事の毒を回避していることも知らない。

もし知られてしまえば、ジャックが危険だ。口封じとして殺されるか、奴隷として売り飛ばされてしまうだろう。

だからこそ、レナシリアはジャックには無理をしてもらいたくなかった。たとえ、毒殺されるか餓死《がし》することになったとしてもだ。

「ジャック。私の状況はよくない。伯父からあなたを守ってあげることもできない……。だから、いざというときは私を切り捨てなさい」

「でも……」

「いいですね？」

反論は認めないと、レナシリアは冷たい声で念を押した。

ジャックは少しの間、口を引き結んで黙っていたが、やがてゆっくりと頷く。

「……危なくなったら……ここには来ません。でも、危なくないうちは来ます」

「……ええ、それでいいわ。……ありがとう、ジャック」

「お嬢様……」

「そんな顔をしなくていいのです。私もこのまま黙っているわけではない。そのためにあなたに協力してもらっているのだから」

そう、このまま大人しく殺される気はない。

ジャックは少しの間、悲しげにレナシリアの薄い青色の瞳を見つめていたが、やがて、話を変えるように口を開いた。

「あの、そういえば……王都で噂が流れてて……」

「噂……？」

「はい。なんでも、王太子殿下の婚約がなくなったらしいです。……婚約者の女性が病弱で……しかも、どうやら子供が産めなくなったらしくて……」

ジャックの話にレナシリアはさっと思考を巡らせる。王太子であるガレンも、その婚約者であるアイリーも舞踏会で会ったことがあったので、すぐに顔が思い浮かんだ。

もっとも、この噂にレナシリアは驚きはしなかったが。

「そう……。では、近いうちに殿下の婚約者選びが行われるはず……」

「……お嬢様も召集されるんですか？」

「ええ、おそらく未婚の令嬢は呼ばれるでしょうね」

婚約者がいる令嬢も少なくないだろうが、王族との婚約となれば親はそちらを狙うだろう。貴族の婚約なんて、いかに上の階級と結ぶか、というものなのだから。

そして、伯父も自分の一人娘であるメリッサをガレンの婚約者にしたいはずだ。そのために伯父はレナシリアを利用するだろう。

「ありがとう、ジャック。さぁ、もう行きなさい」

「はい」

生け垣にある隙間から去っていくジャックを見送って、レナシリアは窓とカーテンを閉めた。

そして、先ほどの噂を考えながら椅子に座ると、ジャックが持ってきたパンと水だけの食事を済ませる。もちろん、スープには手をつける気などない。

パンがなくなっているので、レナシリアが毒に気づいて食べていないということは知られないだろう。

食事を終えて少し経った頃に、同じ侍女が来て食器を下げていった。それと同時に、伯父が部屋に入ってきて、レナシリアはゆっくりと立ち上がる。

「ちゃんとスープまで飲めと言っているだろうが」

「……ごめんなさい。あまり食が進まなくて……」

「……ふんっ、まあいい。……明日の夜、城に招待されている。お前も連れていくが……分かっているな？」

「……伯父様の言う通りにしています……」

「それでいい」

レナシリアの言葉に満足そうにニヤリと笑って、伯父は去っていった。

一人になった彼女は深く息を吐き出して、硬いベッドに腰を下ろす。

「私の後見人として社交界入り……といったところかしら」

城への招待とはガレンの婚約者選びだろう。それに参加できるのは未婚の令嬢と……その家族だけだ。おそらく伯父はレナシリアの後見人として社交界入りするつもりなのだろう。

さらに言えば、なんとしてもメリッサをガレンの婚約者にする気だ。

上手く社交界入りできたら、もうレナシリアは用済みになる。

「伯父の思惑通りにしないためには、メリッサと王太子殿下の婚約を絶対にさせないことなのだけど……」

小さく呟きながら一つ年下の従妹であるメリッサを思い浮かべる。

レナシリアがわざわざ何かするまでもなく、ガレンを射止めることはないだろうと予想が容易についた。だからこそ、何かを企んでいるに違いない伯父の方が要注意だ。

ガレンに見初められた令嬢が標的にされる可能性は高いのだから。

「……アイリー様と同じことには……絶対に……」

ポケットに仕舞われたペンダントを、レナシリアはぎゅっと握りしめた。

バレンディア男爵家の後継問題、ガレンとアイリーの婚約解消。その裏を知っているレナシリアは一人、狭い部屋の中で思考を巡らせる。

両親もいない、使用人も買収されている。唯一の味方のジャックにはいざとなれば自分を見捨てるように言い含めた。

ほんの少しの悲しみや寂しさを押し込めて、レナシリアはつとめて冷静にこれからの未来を描いていたのだった。

◇

翌日、レナシリアは城に向かうために、侍女たちによって久しぶりにドレスを着つけられていた。

伯父が一着だけ残していたレナシリアのドレスは、深い青色のシンプルなものだ。

おそらく一番地味なドレスを残しておいたのだろう。ジャックから聞いた話では、他のドレスは売り払われたらしい。

「後はご自分でどうぞ」

一人では着られないドレスを着つけただけで、侍女たちはさっさと去っていった。髪もメイクも手つかずで、レナシリアは一つ苦笑いをこぼして、机に向かう。

一応は侍女たちがメイク道具を置いていってくれていたのだ。

自分ではメイクをしたことはないのであまり難しいことはせず、簡単に済ませた。髪も下手に弄《いじ》らず、丁寧に櫛《くし》を通すだけにしておく。

「……まあ、私が気合を入れる必要はないものね」

女性としては複雑な心境だが、レナシリアはそう折り合いをつけた。準備を終えた頃に伯父がやってきて、レナシリアは部屋から出て馬車へと向かう。

馬車に乗り込むと既に伯父の妻とメリッサが座っていた。

メリッサは、フリルがたっぷりあしらわれたピンク色のドレスを身にまとっていた。子供向けの可愛らしいデザインのものだ。さすがのレナシリアも少し口端を引きつらせる。

メイクも濃すぎて、完全におませな幼女、といったところだ。メリッサは貴族ではなかったので、そういうものに対しての憧れが強いのかもしれない。

「ふんっ、地味なドレスだわっ！」

「………」

鼻で笑われ、レナシリアはあなたより何倍もましだわ、と心の中でそっと呟く。

物事を冷静に考え、他者の視線も静かに受け止められるレナシリアだったが、さすがにこのいかれた格好のメリッサと一緒にいなければならないことを考えるのは苦痛だった。

居心地の悪さを感じつつも、無事に城へと到着したレナシリアは、騎士の案内で会場に赴《おもむ》く。

会場に足を踏み入れると、途端に貴族たちの痛々しい視線が突き刺さってくる。原因は、もちろんメリッサだ。伯父一家はそんな視線などまったく気にしていない様子で、ガレンの姿を探している。

まずは主役である王太子に挨拶をしなければならないということは分かっているらしい。

「ああ、いたな」

伯父の言葉に、レナシリアはそちらに視線を移した。

さらさらな茶色の髪と吸い込まれそうな深い青色の瞳が印象的な、整った甘い顔立ちのガレンはよく目立っている。そんな彼の隣に控える黒髪黒目のスラッとした青年は、燕尾服《えんびふく》をまとっているのでおそらくガレンの従者だろう。

どちらも見目がよく、令嬢たちの多くがほぅと見惚れている。

「ほら、さっさとしろ。レナシリア」

「……はい」

「ガレン殿下！」

ずかずかとガレンに近づいた伯父に、深い青色の瞳が向けられる。穏やかな笑みを浮かべた彼に、メリッサは釘づけだ。

レナシリアが挨拶のために一歩前に出ようとすると、伯父がそれを邪魔しながら先に前に出た。

「初めまして。レナシリアの後見人のクルバス・ジュランデスと申します」

「……………初めまして。ガレン・アゼス・ベルトナです」

戸惑った様子を見せたガレンが、少し間をあけて名乗る。

それもそのはずで、この場ではまず男爵令嬢であるレナシリアから挨拶をするのがマナーだからだ。後見人とはいっても貴族ではない伯父が、レナシリアより先に名乗るのは間違っている。

周りの貴族たちは、マナーのなっていない伯父を見てひそひそと囁き合っていた。そして、誰もがレナシリアに同情的な視線を向けている。

図太い伯父は周りの反応など無視して妻を紹介し、メリッサを売り込むようにべらべらと喋り始めた。

挨拶だけで済ますべき場で喋り続ける伯父に、ガレンは嫌な顔一つせず話を聞いている。

「ジュランデス様。その辺りで……。まだ他の方もいらっしゃいますので」

ガレンの従者が永遠に続きそうな話を遠慮なく中断させた。伯父は舌打ちをしてから、愛想笑いをガレンに浮かべて、仕方なさそうに去っていく。

レナシリアが何かするまでもなく勝手に自滅しそうな伯父の背中を見ていると、強い視線を感じたのでそちらに薄い青色の瞳を向ける。

すると、すぐにガレンの深い青色の瞳と視線が絡まった。

「……伯父が失礼いたしました」

「レナシリア！　何をしている！」

「……失礼いたします」

伯父の怒声に小さくため息をついて、レナシリアは結局名乗ることもできずに、令嬢らしく美しくお辞儀をしてからガレンに背を向けて去っていく。その背に注がれた視線に、彼女が気づくことはなかった。

伯父のもとへ戻ると、伯父は目尻をつり上げて怒鳴りつける。

「お前は壁にでもいて、大人しくしていろ！　いいな！」

「……はい」

見苦しい怒声にレナシリアは大人しく頷いた。

伯父は舌打ちを一つして、妻とメリッサと共に去っていく。

それを見ながらレナシリアは、壁際の伯父たちが見える位置に落ち着いたのだった。

◇

どれくらいの時間が経ったのだろうか。

今は華やかな音楽が流れ、所々から談笑が聞こえてきていた。

壁際の椅子に座るレナシリアから見える位置にいる伯父夫婦は、貴族に取り入ろうと必死そうだ。

そして、娘のメリッサはガレンの腕に絡みついて、ぶりぶりとアピールを続けていた。

この場に相応《ふさわ》しくない一家は、嫌悪と好奇の視線を集め続けている。

レナシリアはそんな一家から手に持ったグラスへと視線を落とす。

しゅわしゅわと泡が溶けていくシャンパンで喉を潤《うるお》して、これからどうするか思考を巡らせる。

今のところ、ガレンが誰かを見初めた様子はない。それはメリッサも含めてだ。

「隣、いいかな」

「……え……？」

突然かけられた声に、レナシリアは少し驚きながら顔を上げた。

そこにいたのは、穏やかな笑みを浮かべるガレンだ。彼は返事を待たずに、隣に座る。

レナシリアが状況把握のためにさっと周囲に視線を走らせると、あの従者がガレンに近づこうとしている令嬢たちをあしらっているのが見える。

もちろん、その中にはメリッサもいた。

どうやら目を離した一瞬でガレンはメリッサを引き離し、レナシリアのもとまで来たようだ。

「少し君と話したくてね」

「私とですか……」

「そう、君と」

深い青色の瞳が柔らかく細められる。

レナシリアは自分とは違う青色の瞳と視線を絡ませながらも、にこりと笑うことも頬を染めることもなかった。

美しい顔立ちのレナシリアは、無表情のとき、よく冷たい雰囲気だと言われる。いつもは意識したことはないが、今回は冷たい雰囲気を意識した。

「私とお話しするよりも……もっと沢山の方とお話しされてはいかがでしょうか」

「そうかな……。君も沢山の方の一人だろう？」

「……私はろくに挨拶もできなかったので、気分を害されたでしょう」

「いや、大丈夫だよ」

にっこりと笑うガレンにレナシリアは居心地が悪くなって、視線を逸らす。

ガレンの穏やかな雰囲気は、亡《な》くなった両親に似ていて、レナシリアは無意識に首にかけてきたペンダントを指先でなぞった。

「そのペンダントは大切なものなのかな？」

「え？」

そう言われて、レナシリアはペンダントに触れていることに気づいた。

ぱっと指を離して、誤魔化すようにシャンパンに口をつける。

無表情なレナシリアの少し寂しげな雰囲気を感じ取ったガレンは、彼女の伯父夫婦と従者に足止めされているメリッサに視線を移した。そんなガレンに気づいて、自分もそちらに視線を向ける。

伯父夫婦は険しい目つきでこちらを見ていたし、メリッサは煩《わずら》わしそうな、悔しそうな表情をしていた。

「……バレンディア男爵は……」

「殿下」

ガレンから出た言葉をレナシリアは冷たい声で遮《さえぎ》り、椅子から立ち上がった。

王太子であるガレンにも当然、両親が亡《な》くなったことは伝わっている。そして、伯父がレナシリアの後見人についた意味も、馬鹿ではなければ気づくことだ。

しかし、このことに関してレナシリアはガレンに興味を持って欲しくはない。今は、まだ。

「私は失礼いたします。殿下によい縁があることを願っています」

「……レナシリア嬢。私はもう少し君と話したいのだが……部屋を変えて話さないかい？」

「…………」

レナシリアの背にかけられた声は思いのほか大きく、近くにいた貴族たちの耳にも届いた。その場がざわめいて、皆が彼女に品定めするかのような視線を注ぐ。

それもそのはずで、婚約者を選ぶこの場でガレンから声がかかったということは、レナシリアが彼に見初められたことになるからだ。ガレンが言った部屋というのは、婚約者候補の令嬢と王太子がゆっくりと話ができるように用意されたものだ。

「レナシリア嬢」

「……申し訳ありません、殿下。そのお誘いを受けるべきは、私ではない方です」

背を向けたまま、レナシリアは冷たい声で言い放つ。普通の男爵令嬢だった頃なら、この誘いを二つ返事で受けていただろう。レナシリアだって貴族の令嬢だし、女だ。身分も容姿も申し分なく、性格も穏やかなガレンにまったく惹《ひ》かれないなんてことはない。それに……と小さな思い出が頭を過《よぎ》るが、レナシリアはそれをすぐに頭から追い出した。

どちらにしろ、今のレナシリアにはこの誘いを受ける気はない。

いや、受ける資格など……ないと思っている。

「それでは、失礼いたします」

再びガレンに声をかけられる前に、レナシリアは貴族たちの中に紛《まぎ》れる。

最後にちらりと振り返って見たガレンは、どこか悲しそうな……そんな表情をしていた。

「ごめんなさい……」

思わずこぼれ出たレナシリアの謝罪は、会場に流れる音楽と貴族たちの談笑の声で掻き消されて、誰に届くこともなく消えていったのだった。

◇

ガレンの婚約者選びから数日後、レナシリアは頭を抱えていた。

城から帰って来た日は、不機嫌な伯父に乱暴に部屋に投げ入れられ、暴言を吐かれたが何も言わずにただ受け入れた。レナシリアがガレンに見初められて、伯父が苛立《いらだ》たないはずがないのは分かっていたからだ。

しかし、それは彼女にとって些細《ささい》なことで、頭を抱えるものではない。

ではなぜレナシリアが頭を抱えるはめになっているかというと、ガレンのせいであった。

あのとき冷たい態度で接した上に、誘いもきっぱりと断ったにもかかわらず、彼はレナシリアに城への招待状を送ってきたのだ。しかも、毎日。

「お嬢様……大丈夫ですか？」

「……ええ。大丈夫です」

いつものように食事を持ってきてくれたジャックに、苦笑いを浮かべながらも返事をする。

ガレンの手紙は当然、伯父によって握り潰されていたが、ジャックがそのことを教えてくれたのだ。

「……お嬢様……、殿下に助けを求めてはどうですか？」

「……それはできません」

「でも……」

「……あなたには言ってなかったですね……。殿下の婚約がなくなった理由は覚えているかしら」

レナシリアの言葉にジャックは、静かに頷いた。

ガレンの婚約者であったアイリーが病弱で、とうとう子供が産めない体だと診断されたからだ。

「……伯父が……アイリー様に毒を盛ったのです」

「……え……？」

「どうやらこの家を乗っ取る前から、裏の者と手を組んで、使用人の買収などを行って下準備をしていたようです。伯父の目的はこの家を乗っ取るのと……メリッサを殿下の婚約者にすること……」

「で、でも……殿下の婚約者にそんなことしたら……極刑……」

「ええ。だからこそ、下準備をしっかりと整えていたのです。毒が盛られたことは公表なんてされていませんし、おそらく伯父に繋がる証拠もない……」

この情報を掴めたのは偶然だった。

レナシリアが両親の死を嘆《なげ》き悲しむだけだったのなら、両親の死の真相や伯父の野心を知ることもなかっただろう。

両親の死を不審に思ったレナシリアは、屋敷中を一人で調べ……伯父と深く繋がる使用人の部屋で伯父との手紙を見つけたのだ。燃やされる前に見つけられたのは幸運だったのだろう。

「……だから、私は殿下に助けていただく資格など……ないのです」

どれだけ嫌でも伯父は血の繋がった者。

伯父がしたことにレナシリアは断じて関わっていないが、血族として伯父を止められないのならば同罪だ。だから、レナシリアはガレンに助けを求める気などなかった。

「……殿下に気にかけていただけたのは予想外でしたが……、これなら思いのほか早く……」

「お嬢様……」

「ジャック、もう少しで私は伯父を追い詰められる……。そのときは助けてくれますか？」

「もちろんです！　僕はお嬢様の味方です。いつだって助けたいと思っていますから」

「……ありがとう」

レナシリアはジャックに微笑みながら礼を言った。

伯父のしたことを暴《あば》くためには、この部屋から出られないレナシリアの代わりに動ける人物が必要だ。本当は巻き込みたくはないが、その役目をできるのはジャックしかいない。

「ああ、でも……約束通り、危険になったら逃げなさい」

「……はい」

レナシリアの言葉にちゃんと頷いて、ジャックは去っていった。

いつも通り窓とカーテンを閉め、硬いベッドに腰かけながら思案する。

ガレンがなぜそんなにもレナシリアを気に入ったのかは分からないが、伯父によって手紙が握り潰されている以上は何もできない。

穏やかな笑みを浮かべるガレンがまぶたの裏に蘇《よみがえ》り、少しの罪悪感を覚えた。

「……伯父の罪は必ず白日の下に晒《さら》しましょう。たとえ……バレンディア男爵家がなくなり、私が罰を受けるとしても……」

これからのシナリオを描きながら、レナシリアは一人呟いた。

◇

それから数週間後。

部屋の中で形見のペンダントを眺めていたレナシリアの耳に、ガチャガチャと鍵を外す音が届いた。

次いで扉が開く音がしたのでそちらに視線を移すと、伯父がむすっとした表情で部屋に入ってくる。

「レナシリア。また城に行く」

「……城に、ですか」

「ああ。すぐに準備しろ」

それだけ言うと、伯父は去っていった。

前回、社交界に入ることができたので、もうレナシリアを連れていくことはないだろうと予想していたのだが、どうやらまだ利用する気らしい。

おそらく、なぜかガレンに気に入られたレナシリアを利用して、メリッサを彼に近づける気なのだろう。その浅ましい考えにため息をつきながら、しかし逆らうことはせずに、レナシリアは城に向かうための準備を始めたのだった。


伯父たちと共に城を訪れたレナシリアは、思わずひっそりと眉を寄せた。

あの婚約者選びからまだガレンの新しい婚約者が決まっていないのは、ジャックから聞いた噂話で知っている。そして、レナシリアに送られてきていた手紙も、一週間ほどで来なくなったことも知っている。

だから、今回の召集も前回と同じく、また婚約者選びのための催しがあるのだと思っていた。

しかし、いざ来てみると他の令嬢などおらず、応接室にレナシリアと伯父一家だけが呼ばれたようだった。

「よく来てくれたね」

「これはこれはガレン殿下。我々を城に招待していただいてとても嬉しいです」

相変わらず穏やかな笑みを浮かべるガレンに促されて、レナシリアはソファーの一番端に腰かけた。

伯父夫妻はレナシリアの隣に、メリッサは堂々とガレンの隣に腰かけている。フリフリのドレスで礼儀などなくアピールする彼女に、ガレンの従者も侍女たちも不愉快そうにしているが、当の本人と伯父夫妻だけはまったく気づいていない。

「レナシリア嬢に何度か手紙を送ったのですが、返事がなかったので心配していたのですが……」

「ああ、すみませんねぇ。レナシリアは病弱で寝込んでいたので、手紙を返せなかったのですよ」

「そうだったのですか……。もう体調は大丈夫かな？」

「……はい。申し訳ありませんでした」

ガレンに話しかけられて、レナシリアはなんとなく目を逸らしながら頭を下げた。その様子を深い青色の瞳でじっと見つめていたガレンは、ふと後ろを向いて従者に声をかける。

「ルイ」

「はい、かしこまりました」

ルイと呼ばれた黒髪の従者は一礼すると、最初から打ち合わせてあったかのように扉の前に移動する。そして、廊下へと続く扉を開け、すっと伯父に視線を向けた。

「別室に寛《くつろ》げる場所を用意させていただいております。どうぞ、こちらへ」

その言葉に伯父夫婦は顔を見合わせて、厭《いや》らしい笑みを浮かべた。城のもてなしに期待しているのだろう。伯父夫妻はルイに促されるまま廊下へと出る。

メリッサも目を輝かせて飛び出ていった。

レナシリアは苦笑いをこぼしながら立ち上がると、伯父の後を追うために扉に近づく。

「レナシリア・バレンディア様はまだこちらに」

「え？」

「それでは、ガレン殿下。失礼いたします」

「ああ、頼んだよ」

レナシリアの目の前で廊下へ続く扉がバタリと音を立てて閉められた。まさかガレンと二人きりにされるとは思っておらず、レナシリアの唇から戸惑う声がこぼれ落ちる。

廊下では伯父が騒いでいるようだが、しっかりとした扉越しでは何を言っているかまでは分からなかった。

「さあ、レナシリア嬢」

いつの間に隣に来たのだろうか。

ガレンがレナシリアの手を取って、ソファーへと誘導する。ふかふかのソファーに再び腰を下ろすと、ガレンもなぜかすぐ隣に腰を下ろした。

「あの……、伯父は……」

「ごめんね。少し君と二人で話がしたくて。彼らがいると落ち着いて話せないから、別室に行ってもらったよ。心配しなくても、ルイがいればこちらに来ることはないから」

優しい笑みを浮かべたガレンとの近い距離に、レナシリアの胸がとくりと脈を打つ。そんな自分を落ち着かせるために彼女は深く息を吐いた。

「……顔色が悪いね。まだ体調が悪いのかな……」

ガレンの手が頬にそっと触れ、レナシリアの心を再び掻き乱す。

城に来たときは白々としていた彼女の頬が、少し赤みを帯びる。

「いえ、大丈夫です」

さりげなく手から逃れたレナシリアは、平然を装いながら冷静な声で返した。

予想していなかったことの連続で冷静さを欠いただけだと、どことなく言い訳じみたことを考えつつも、レナシリアは気持ちを切り替える。

「レナシリア嬢は、なぜ城に呼ばれたか……分かるよね？」

「…………」

「私は君に婚約者になってもらいたい」

「……殿下に見初めていただけるなんて、とても光栄です。しかし、そのお話をお受けする気はございません」

少し。ほんの少しだけ痛んだ胸を無視して、レナシリアははっきりと断りの言葉を告げた。

たとえ命令であっても、レナシリアは受けるわけにはいかない。アイリーに毒を盛った伯父を持つ自分にはそんな資格などないのだから。

「……レナシリア嬢……」

「……殿下は、アイリー様のことはなんとも思っていらっしゃらないのですか？」

「え？」

「ご病気で仕方ないとはいえ、すぐに割りきるなんて……冷たい方ですね」

わざと冷たい言葉を吐く。

ガレンの立場上、すぐに次の婚約者を決めるのが責務だと分かっているし、何よりアイリーを婚約者の座から引きずり落としたのは伯父だ。彼に何も非などないし、婚約者としてアイリーを大切にする姿を社交界で見てきたレナシリアは、ガレンがすぐに割りきったとは思っていない。

しかし、今はこうやって冷たく接することしか……思い浮かばなかったのだ。

レナシリアはちらりとガレンの様子を窺《うかが》う。いくら穏やかな性格とは言えど、あれだけはっきりと言えばさすがに不愉快になっただろう。

……だが、そんなレナシリアの予想に反して、彼は怒るでも不機嫌になるでもなく、静かな笑みを浮かべていた。

「……アイリー嬢のことはもちろん婚約者として大切にしていたよ。でも、私は本当はずっと……」

深い青色の瞳が切なげに揺れる。

この言葉の先を聞いてはいけない気がした。聞いてしまえば、きっと……レナシリアの中に小さく芽吹いているものが育ってしまうから。

「殿下。私は帰ります。殿下にはきっと素敵な方が見つかります。……まだ、見つけられていないだけで……」

ガレンの深い青色の瞳から逃れるように、レナシリアは立ち上がった。

そして、彼が何か言う前に扉を開けて応接室を後にする。

「……レナシリア・バレンディア様」

「殿下とのお話は終わりました。私はこれで帰らせていただきます」

廊下の先に立っていたルイに呼びかけられ、レナシリアはすっと薄い青色の瞳を伏せながら横を通りすぎる。すると、伯父が目の前に立ちはだかった。

「……お前はもう、邪魔だな」

「………………」

「帰るぞ」

伯父の言葉にレナシリアはきゅっと手を強く握り締めた。しかし、逆らうことなく伯父の後について歩き始める。

「ふふんっ。あんたがいなくなれば、私の一人勝ちよ！　あんたなんて、私の踏み台よ！」

いつの間にかいたメリッサが得意げにそう言葉を吐き出した。

踏み台、という言葉にレナシリアは気づかれない程度に、小さく笑う。大人しくそんなものになるつもりなどない。

「……もう少し……けほっ……」

伯父のすべてを暴《あば》くことができれば、レナシリアの勝ちだ。バレンディア男爵家をめちゃくちゃにした伯父の背中を見ながら、改めて気持ちを強く持つ。

ふと、隣にいたメリッサが振り返って、大きく手を振る。おそらくガレンが応接室から出てきたのだろう。

レナシリアは振り返ることなく、その場を去った。

◇

城から帰ってきてから数日。

レナシリアはすっかり住み慣れた小さな部屋で、じっとペンダントを眺めていた。

あれから伯父はここには来ていない。その理由は簡単で、今夜城で開かれる舞踏会の準備で忙しいからだ。

どうやらレナシリアが断ったことで、またガレンの婚約者を選ぶ場が用意されたらしい。

もうじき日が完全に沈む時間だが、伯父はレナシリアを放置している。つまり、もうレナシリアは必要ないと判断して、舞踏会には伯父一家だけで向かうのだろう。

「……お父様……お母様……ごほっ」

近いうちに伯父はレナシリアを始末するだろう。おそらく両親と同じ方法で。

これまで食事に混ぜられてきた毒は、両親とアイリーに盛られたものと同じはずだ。

それでレナシリアを殺し、伯父はバレンディア男爵となる。

深く息をつき、ぶるりと体を小さく震わせた。

「怖くなんて……ない。大丈夫。きっと上手くいく……」

不安も恐怖も吐き出すかのように、レナシリアは小さく呟く。ずっと考えてきたシナリオ通りに進んでいる。

違ったことといえば、ガレンのことだけだ。

彼の姿を思い浮かべると胸の奥に燻《くすぶ》る寂しさが、少し和らぐ。

伯父のせいですべてを一気になくし、味方はジャックだけ。そんな心細いときに差し伸べられた手は、レナシリアにとって大きなものだった。

日が完全に沈んで、部屋が暗闇に包まれる。

レナシリアはゆったりとした動きで、明かりを灯した。もう舞踏会が始まっている頃だろうか……

ガレンの顔が浮かび、頭を軽く横に振って追い出す。

「……？」

ふと、小さく窓を叩く音が聞こえた。

ジャックだろうかと考えながら窓に近づいて、静かにカーテンを開ける。

「……え……」

窓の外にいた人物に、レナシリアは薄い青色の瞳を見開いた。

その人物は身振り手振りで窓を開けるように指示していて、レナシリアは驚きと動揺を隠せないままゆっくりと鉄格子越しに窓を開ける。

「レナシリア嬢」

「……殿、下……」

穏やかな笑顔ではなく難しい表情を浮かべているのは、こんな場所にいるはずのないガレンであった。

「どう、して……」

「……君に会いたくて舞踏会を抜け出してきたんだけど、この屋敷の使用人に門前払いにあってね。でも……ジャックという少年がここを教えてくれた」

「…………」

舞踏会を抜け出してまで自分に会いに来てくれたというガレンに、レナシリアの胸が優しく脈打つ。笑顔を浮かべた彼に、胸の中で燻《くすぶ》っていた寂しさが溢れて、涙で視界が滲《にじ》んだ。

怖い、寂しい。

安らぐ、嬉しい。

相反する感情が胸で渦巻《うずま》く。どうやら自分で思っていた以上に追い詰められているようだ、とレナシリアはぼんやりと思った。

三ヶ月もの間ずっと戦ってきて、精神をすり減らして……強いとは言ってもレナシリアは十七歳の令嬢だ。孤独の中、強くあり続けることは難しい。

「レナシリア嬢。少年が言っていた。君はご両親を伯父に殺され、閉じ込められていると。そして、利用されながらも、一人で戦い続けていると……。レナシリア嬢……私の手を取って。私が、助けるから」

鉄格子の隙間からガレンがこちらに手を伸ばす。真っ直ぐにレナシリアを見つめる深い青色の瞳は、とても力強かった。

この手を取れば、レナシリアは助かるだろう。だが、ここでガレンに助けてもらったとして、なんになる？

両親が伯父に殺された証拠はない。王太子の権限で伯父を追い払ったところで、解決にはならない。そして何より、アイリーまでも陥《おとしい》れた伯父を持つレナシリアには、この手を取る勇気も資格もなかった。

「……両親は伯父に毒殺されました」

「君も危ないのだろう？　手を取って、レナシリア嬢。私は君を助けたい。私は……君を婚約者に選ぶ」

「ありがとうございます、殿下」

「レナシリア嬢……！」

すっとレナシリアは深く頭を下げた。どこか焦った声で、ガレンが名前を呼ぶ。

「でも……殿下には他にふさわしい方がいらっしゃるはずです。……私などではなく」

「レナシリア嬢。私は君が好きだ」

「…………」

頭を下げたまま、レナシリアはぐっと目を閉じた。

城で聞きたくなくて遮《さえぎ》った言葉が、心臓に絡みつく。

好き。そうだ、レナシリアもガレンのことが少なからず気になっていた。優しい思い出として残る月夜の舞踏会のことも、ずっと忘れられなかった。

伯父のしでかしたことを知ったときに、仕舞い込んだ感情が胸に溢れそうになって、レナシリアはきゅっと唇を噛んだ。

「……お帰りください、殿下」

レナシリアがすっと顔を上げたときには、彼女はいつもの無表情に戻っていた。

すべきことを終えれば、自分は伯父もろとも罰を受ける。どちらにしろ、レナシリアにはガレンの手を取るという選択肢など、ない。

はっきりとした拒絶の言葉に、ガレンが悲しそうに眉を寄せて手を戻した。

「……どうして……。君は助けを求めるべきだ」

「……ごめんなさい。私には、まだやらなければならないことがあるのです。暴《あば》かなければならない事実も」

「それはご両親の死の真相？」

「それだけではありません。……殿下、一つだけ……お願いがあります」

「何……？」

「もし、ジャックが城を訪ねることがあれば、話を聞いてください」

レナシリアの言葉にガレンは不可解そうな表情を浮かべたが、やがてゆっくりと頷いた。

その様子を見てほっと胸を撫《な》で下ろす。これで、完全に準備が整った。

「ありがとうございます」

「私は……諦めたわけではないよ。必ず、君を助け出す。……君に拒絶されようとも、だ」

そう言い残すとガレンは使用人に見つかる前に去って行った。

「……ごめんなさい。……こほっ……」

レナシリアは痛む胸に手を当てて、そう悲しげに呟いた。

◇

ガレンが来た翌日、レナシリアの部屋の扉が乱暴に開かれた。

ベッドに横になって休んでいたレナシリアは怠《だる》い体を起こして、訪れた人物に視線を移す。不機嫌さを隠すことなく入ってきたのは、伯父だった。

「舞踏会に王太子はいなかった。お前に会いに来たそうだな。まさかお前が見初められるとは思っていなかったせいで、台無しだ。メリッサを妃にするためにはお前が邪魔だ！」

「………………」

怒りのままに怒鳴り散らす伯父を、レナシリアは無表情に見返した。散々怒鳴り散らした伯父は険しい表情のまま、こちらに向かって小瓶を放る。

「お前には両親のところに行ってもらおうか。……食事は止める。それを飲んで死ぬか、餓死《がし》するか好きな方を選べ」

そう吐き捨てて、伯父は部屋を去って行った。

レナシリアは伯父の投げ捨てた小瓶を握り締める。

「……愚かな伯父様。終わりですよ、全部」

小瓶の中身は毒だ。両親を殺し、アイリーを子供の産めない体にした、毒。

これを手に入れるためだけに、三ヶ月もの間耐え続けてきた。あとはジャックが来るのを待とう、とレナシリアは体を再び硬いベッドに横たえる。

少し前から体調を崩していた彼女は、寒さを緩和させようと薄いシーツで体を包んだ。

レナシリアは毒を避けるために、ずっとジャックから差し入れられるパンと、僅《わず》かな野菜や果物だけで過ごしてきた。そんなレナシリアが体調を崩すのは当たり前で、むしろ遅すぎたくらいだ。

両親のこと、アイリーのこと、伯父のこと。ずっと気を張りつめていたのが、終わりを目前に緩んだのも原因の一つだろう。

いつの間にか眠っていたレナシリアは、窓から聞こえる小さな音で目を覚ました。

怠《だる》い体を引きずるようにして、窓に近づき開ける。外にはジャックが立っていた。

「お嬢様……」

「ジャック……げほげほっ」

「だ、大丈夫ですか……！」

「え、ええ。それより、これを」

レナシリアは伯父が投げ捨てた小瓶をジャックに差し出した。彼は心配そうな表情を浮かべながら、小瓶を受け取る。

それからレナシリアの顔と小瓶を交互に見た。

「あの……これは？」

「……伯父が用意した毒です。それを持って城に行きなさい」

「え？」

「けほっ……。それを殿下に渡せば、アイリー様に毒を盛ったのが伯父だということが証明できます」

伯父の使った毒はどうやら裏でも珍しいものらしく、入手経路が特定しにくいものだった。そのせいで、アイリーに毒を盛った犯人の特定ができずにいるはずだ。

だが、逆に言えば、珍しいが故に証拠さえあれば、言い逃れなどできない。だから、レナシリアは伯父が直接毒を飲ませるのを待ったのだ。

食事に混ぜられた薄い毒ではなく、確実な証拠となる毒そのものを手に入れるために。

伯父が毒を出すかは賭けでもあったが、うまくいった。

「で、でも……僕が行っても追い払われてしまいます……。それに、僕がいない間……お嬢様は……」

「大丈夫です。殿下にはあなたが来たときのことを頼んでありますから。それと、このペンダントを持って行きなさい。私からの使いだと示すものになるはずです」

「お嬢様……」

「私はその毒を届けて、伯父の悪事を暴《あば》かなければならないのです。ジャック……、お願いします」

伯父を止める。バレンディア男爵家を乗っ取らせないし、社交界で好き勝手もやらせない。

両親を殺した罪も……そのままにさせる気はないのだ。

ジャックは少しの間考える素振りを見せたが、やがて小瓶をしっかりと握りしめて頷いた。レナシリアから受け取ったペンダントも慎重にポケットにしまう。ペンダントにはバレンディア男爵家の名前が刻まれているので、ちゃんと使いだと証明できるはずだ。

「必ず届けます。だから、お嬢様も絶対に……無事でいてください……」

「ええ。ありがとう、ジャック。……さあ、早く行きなさい。見つかってしまったら台無しです」

「はい」

生け垣の隙間に消えていったジャックをしっかりと見送って、レナシリアは窓とカーテンを閉めてベッドに倒れ込む。

震える体を抱き締め、ぎゅっと目を閉じる。

「……ガレン、様……」

夢に落ちる間際、レナシリアの唇からこぼれ落ちたのはガレンの名前だった。

◇

レナシリアは擦《す》りむいた左手が痛くて、薄い青色の瞳いっぱいに涙を溜めていた。

今日は四歳の誕生日。偶然にも城で舞踏会が開かれて、レナシリアも両親と共に参加していた。

満月の光が差し込む庭に、好奇心から一人で飛び出したのはいいが、庭の片隅で転んでしまったのだ。

「うー……」

周りには誰もいなくて、レナシリアは痛みと寂しさで、とうとう大きな瞳から涙をこぼした。

「うぐっ……ひっ……」

「だいじょうぶ？」

優しい声。そっと顔を上げると、声と同じように優しい微笑みを浮かべた少年がいた。

この少年には両親と一緒に挨拶をしたので、覚えている。

「おう、じ……さま……っ……ひっく」

「ころんだの？　たてる？」

「たて、る……」

優しい声に落ち着きを取り戻したレナシリアは、涙を拭ってゆっくりと立ち上がった。

そんな彼女の頬を少年が不器用そうに、ハンカチで拭う。

「ぼくはガレン。きみは？」

「レナシリア……」

「いたかったね……。もうなかないで？　ぼくといっしょにもどろう？」

「うん……」

さらさらの茶色の髪に綺麗な深い青色の瞳。

月に照らされて格好いい王子様。レナシリアは頬を染めながら、差し出された手に自分の右手を重ね合わせた。

擦《す》りむいた左手の痛みはもう、忘れていた。

「ねえ、レナシリアのこと……レナってよんでいい？」

「うんっ」

「ぼくのこともガレンってよんで」

「ガレン、さま」

「うん」

にっこりと笑った顔にレナシリアの胸がどきどきと高鳴る。二人で庭を歩きながら、レナシリアは何度も隣を歩くガレンにちらちらと視線を送った。

「レナは……ぼくとともだちになってくれる？」

「どうして？」

「ぼく……おうじさまだから、みんな……ともだちになれないっていうんだ……」

どこか寂しそうなガレンに、レナシリアは思わず足を止めた。こちらの様子を窺《うかが》うガレンに、彼女は可愛らしい笑顔を浮かべる。

「もちろん！」

きっとガレンは寂しいのだ。だって、友達がいないなんて寂しいから。

そう考えて、レナシリアはすぐに頷いた。

まだ王太子だとか身分だとかぼんやりとしか分からないからこそ、即答できた。

可愛らしく笑うレナシリアにガレンは少し頬を染めて、嬉しそうに笑みを浮かべる。

そうして再び歩き始めた二人を月だけが優しく照らす。

小さな出会いをした二人は、残念ながらそれから会うことはなく……

しかし、お互いの記憶の片隅に、ずっと残ってきた淡い思い出だ。

月夜の舞踏会。そこで、レナシリアはたしかに初恋をしたのだ、ガレンという小さな優しい王子様に……

ふっとレナシリアは懐かしい夢から、誰かが呼びかける声で目を覚ます。

とはいってもぼんやりと目覚めただけで、高い熱のせいで意識はいまいちはっきりとはしていない。

「レナ！　医者を早く！」

焦ったような声とふわりと浮いた体に、レナシリアは薄い青色の瞳をさ迷わせる。ぼやける視界の中でも深い青色の瞳だけは、はっきりと見えた。

「……でん、か……」

掠《かす》れきった声で名前を呼ぶと、ぎゅっと強く抱き締められる。さらさらの茶色の髪がレナシリアの頬を掠《かす》めた。

「もっと……早く来ていれば！　それにあのとき、無理にでも連れていけばよかった……！」

「いい、の……で、す……」

「レナ……ごめんね……。君のことを好きだと言ったのに、私は何もできなかった……。レナ、あとは全部私がやっておくから……今は、何も心配せずに休んで……」

レナシリアはすっとまぶたを閉じる。再び意識が落ちる間際に、こめかみに柔らかなものが触れるのを感じた。

◇

「……んっ……」

レナシリアはゆっくりと目を開けた。ぼんやりと視界に映る天井は見覚えのない豪華なもので、瞬《まばた》きを繰り返す。

「あら、目が覚められましたか？」

横からかけられた声にレナシリアは視線だけをそちらに向けた。

どうやら侍女のようだが、知らない女性だ。戸惑うレナシリアに気づいたのか、侍女は優しい笑みを浮かべた。

「ここは王城の一室です。三日ほど寝込んでいらっしゃいましたが……今は熱も下がったみたいで、何よりですわ」

「王、城……」

「ええ、そうです。お水をご用意いたしますが、起きられますか？」

レナシリアはその言葉に頷く。侍女に手伝ってもらいながら、ゆっくりと上半身を起こし、手渡してもらった水で掠《かす》れた喉を潤《うるお》す。

屋敷で限界を迎えた記憶と、ガレンに会った記憶がぼんやりと思い出せる。しかし、伯父がどうなったのかも、なぜこんなに手厚く看病されているかも分からない。

熱にうなされていたという三日間の記憶は曖昧《あいまい》だ。

「あの、どうして私はここに？」

「……それは、ガレン殿下からお聞きになった方がいいですわ。さあ、お食事をして、お薬を飲みましょう」

この侍女からは詳しい事情は聞けなさそうだ。

レナシリアは大人しく食事を取り薬を飲んで、いつもの硬いベッドとは比べものにならないくらい上質なベッドに体を預けた。

侍女はレナシリアが横になると去って行き一人になる。

「……………」

ガレンが屋敷に来て、レナシリアが城にいるということは、ジャックがちゃんと役目を果たしてくれたのだろう。

しかし、伯父が捕まったのなら、こうして王城で手厚い看病を受けているのか。

伯父はガレンの婚約者のアイリーにも毒を盛った犯罪者で、レナシリアはその身内だ。両親を殺された同情を含めても、この待遇《たいぐう》を受ける意味が分からない。

「……伯父様が捕まって……おそらく、伯母様と一緒に投獄されているはず。メリッサは……どうかしら……」

伯父夫婦は間違いなく投獄されているだろうが、何も知らないであろうメリッサは投獄まではされていない気がする。

とはいえ、やはり伯父の身内として罪には問われるだろうから、ダンデルシア家に送られるのかもしれない。

そして、レナシリアもまずバレンディア男爵家の身分は剥奪《はくだつ》されるだろう。そうなれば、男爵の爵位は王族に返還される。

だが、伯父に乗っ取られるよりはその方が何倍もいい。

「……私も……ダンデルシア家行きが妥当《だとう》かしら……」

薄い青色の瞳を閉じて呟く。

胸に広がるのは不安や悲しさではなく、安堵だ。両親やアイリーを陥《おとしい》れた伯父の罪を暴《あば》けたことで、もうレナシリアは一人で頑張る必要もなくなった。

厳しい場所だと言われるダンデルシア家に送られるとしても、なんの後悔もない。

そんなことを考えていると、控えめなノックの音が聞こえた。

「……はい……？」

先ほどの侍女だろうか、と瞳をそちらに向ける。しかし、入ってきたのはガレンで、レナシリアは慌てて体を起こした。

レナシリアと目が合うと、ガレンは無言のまま早歩きで近づいてきて、なんのためらいもなく彼女を強く抱き締める。

「で、殿下……？」

「……よかった……」

温かな腕の中で、レナシリアは戸惑った声を上げる。そんな彼女の耳元で、ガレンが安堵の息と共にそう呟いた。

それからガレンはすっと体を離すと、無事であることをたしかめるようにレナシリアの頬を指先で撫《な》でる。

「……ジャックが毒を届けてくれた。そのおかげで、アイリーに毒を盛った犯人が分かったよ」

「…………」

「……君は、全部知っていたんだね。君の伯父がアイリーにも毒を盛っていたこと……。それを暴《あば》くために、自分の身を危険に晒《さら》して、決定的な証拠になる毒を手に入れたんだね……」

ガレンがきゅっと眉を寄せた。

少し緊張しながら、レナシリアは静かに頷く。伯父によって自身の婚約者が陥《おとしい》れられたという事実を知ったガレンは、その伯父の血縁者であるレナシリアにどんな罰を与えるのだろうか。

どんな罰でもレナシリアは受け入れる覚悟があった。バレンディア男爵家の最後の一人として、貴族として生まれた者として、血縁者の罪を受け止めなければならないのだから。

「……殿下。謝って済む問題ではありませんが……。伯父が王太子殿下の婚約者であるアイリー様を陥《おとしい》れるために、毒を盛って……子供を産めない体にしてしまったこと、本当に申し訳ありません」

レナシリアは深く頭を下げた。

言葉にすると伯父がしたことがより酷く感じて、唇が震える。子供が産めなくなったということが、どれだけ辛く……そして、この社交界で生き辛いことか、レナシリアはよく分かっていた。

「……君は……本当に……」

どこか呆れた様子でガレンが呟く。

ずっと頭を下げていると、彼の手がそっと肩に触れた。

「君は何も悪くないだろう？　両親を殺され、部屋に閉じ込められていた君には罪はないし、むしろ被害者だ」

「……たとえそうだとしても……私は男爵令嬢です。貴族とは、責任ある立場。被害者だからと、身内の犯した罪から逃れるつもりはありません」

「レナシリア嬢……」

顔を上げることなく、レナシリアははっきりと告げた。

被害者であろうと、まだ十七歳の少女であろうと……レナシリアは貴族として、バレンディア男爵家の一人として、誇りを持っている。

同情を引くことも、伯父の責任として罪から逃れることも、レナシリアの誇りが許さない。

「レナシリア嬢、君は一つ勘違いをしているよ」

「勘違い……？」

「そう。アイリーは毒を口にしていない」

ガレンの口から出た言葉にレナシリアは思わず顔を上げ、薄い青色の瞳を揺らす。

「アイリーが毒を口にする前に、ルイが気づいてね。毒はたしかに盛られたが、アイリーも他の者も口にしていないんだ」

「しかし……、アイリー様が子供を産めない体になったと……」

「それはわざとそういう風にしたんだ。……情けないことに、毒を盛るように差し向けた犯人をその場では特定できなかった。だけど、アイリーを狙う目的は私との婚約の解消だということは予想がついたから、わざとそういう噂を流したんだよ。犯人が成功したと思い込んでくれるようにね」

伯父もレナシリアもアイリーが毒を口にして、子供が産めない体になったと思っていた。

だが実際にはそんなことはなく、ガレンたちが犯人を特定するために流した噂だったのだ。そして、新しい婚約者を選ぶ場を用意すれば、その犯人がやってくると予想したらしい。

それから犯人を絞り込んで、証拠を集める準備をしていたが、その前にレナシリアが犯人である伯父から毒を手に入れた。そして、それをジャックに託《たく》し、城に届けたおかげで、犯人がレナシリアの伯父だと特定されたのだ。

「……よかった……。本当に、よかった……」

アイリーが無事だったと知って、レナシリアはぎゅっと胸元を掴むと、声を絞り出した。

それから、レナシリアはガレンと視線を合わせると、口を開く。

「……それならば、殿下との婚約解消は取り消されるのですね？」

「いや、婚約は解消したままだよ」

「なぜ、ですか？」

「……元々アイリーの体が弱いのは知っているだろう？　それで、ずっと前から婚約を解消する話が進んでいたんだ。いずれ王妃となるには体が弱すぎるから……」

王妃とは名前だけ聞くと華やかな身分かもしれないが、実際には負担も大きい。世継ぎを産むこともそうだが、今回のように命を狙われることも少なくはなく、どちらにしろ体が弱いアイリーでは王妃という立場の重圧に耐えられないだろうという話が上がっていたのだった。

「それに、アイリーには想いを通わせる人がいてね、私もその人と彼女が一緒になれたらいいと思っていたんだ。だから、今回の婚約解消はそのままだ。ちなみにその相手っていうのは、私の従者のルイだよ」

「……あの従者の方が、貴族の令嬢であるアイリー様と一緒になれるのですか？」

「彼の名前はルイ・ダンデルシア……。ちゃんと貴族だから大丈夫だよ。とはいっても跡取りとなる長男ではなく次男だから、跡継ぎを産まなくても大丈夫だし、アイリーにとってもいいことだろう」

まさかルイがダンデルシア家の次男だとは思わず、レナシリアは驚きで薄い青色の瞳を瞬《しばた》かせた。

ガレンの話を聞く限り、たしかにアイリーとガレンの婚約が解消されるには十分な理由だし、想い合う二人にはいい結末ともいえるだろう。伯父によってアイリーの人生がめちゃくちゃにならずに済んだことは、レナシリアに大きな安堵を与えた。

「だからね、レナシリア嬢。君がそんなに背負い込むことはないんだよ」

ガレンの優しい声に、レナシリアはゆっくりと首を横に振った。

未遂とはいえ、毒を盛った事実は変わらない。アイリーが無事だったことと、レナシリアが罪に問われないことは別問題なのだ。

「……君は真っ直ぐで、とても強いね。……強すぎるくらいだ」

「殿下、私は……どんな罰でも受け入れます」

「レナシリア嬢……」

頑《かたく》ななレナシリアの言葉にガレンが困ったような表情を浮かべる。

それを薄い青色の瞳で真っ直ぐに見つめて、レナシリアはガレンの裁きを待った。

「……君が寝込んでいた間に今回のことに関して話し合いが行われた。主犯である君の伯父と伯母は投獄。その娘は何も知らなかったこと、両親が捕まり憔悴《しょうすい》しきっていることを理由に、二度と王都に足を踏み入れない条件のもと、国端の村にいる祖母のもとに送られることになった」

ガレンが静かに話し出したのは、伯父一家の処遇についてだった。

伯父夫妻が投獄されたのは予想通りだったが、メリッサが王都追放だけで済んだのは予想外だ。

メリッサがどれだけ嫌いであったとしても、レナシリアには両親がいなくなる悲しみや寂しさがわかる。だから、少しだけちくりと胸が痛んだ。

「……そして、バレンディア男爵家の爵位は王族へ返還されることが決まった」

それはつまりレナシリアもまた、男爵令嬢としての身分を失ったことを示している。

メリッサと同じく王都追放か、あるいはダンデルシア家送りか……。レナシリアは静かにガレンの言葉を待った。

「そして、君には……なんの罰も与えられない」

「え？」

「多くの貴族が君には同情的で、私たち王族も君に伯父の罪の責任を取らせるつもりはないという結論に至ったんだ」

ガレンの言葉にレナシリアは黙り込む。納得は、できなかった。

喜ぶべきことだと分かっているが、胸の中に広がるガレンやアイリーへの罪悪感がそれを許さない。

「私は……」

「アイリーも誰も君を責めたりなんてしていない。君は何も悪くないんだよ。……それでも、納得できないというのなら、こう考えてほしい。君は毒を届けて犯人を教えてくれた。その手柄をもってして、君が問われるはずだった罪を打ち消しとする……」

ガレンが説得するように、そう告げた。

貴族も王族も、アイリーやガレンだって、誰一人レナシリアを責めていない。それでも納得がいかない彼女をなだめるために、わざわざそう告げたのだ。

王太子にここまで気を使わせて、まだ自分を許さないのはただの我が儘《わまま》になってしまう。そう考えて、レナシリアは静かに頷いた。

「ありがとう、レナシリア嬢」

「……先ほど、バレンディア男爵はなくなると仰っていましたね。私が罪に問われないのならば……それは、どういうことでしょうか」

レナシリアはガレンに問いかける。たしかに彼はバレンディア男爵家の爵位は王族に返還されると言っていた。

「……レナシリア嬢。君が私の婚約者……いや、妃となることが決まったからだよ」

ガレンの口から滑り落ちた言葉に、レナシリアは目を見開く。

彼は少し困った表情を浮かべ、そんなレナシリアを見つめている。

「……君のことを母と父がいたく気に入ってね。非常時の冷静さ、決して罪から逃れない責任感、そして、揺るがない心の強さ……。それらは、王妃になるのに相応《ふさわ》しい、と」

「そ、そんな……私は……」

「レナシリア嬢。私は君を助けることもできず、犯人を特定することもできなかった情けない男だ。でも……私は君を諦められない。両親の判断だからじゃない。私は君が好きだ。ずっと……そう、あの舞踏会のときから、この気持ちは変わっていない。どうか、私の妃となってほしい」

「殿下……」

ガレンの言葉に、抑えつけていた気持ちが少しずつ溢れてくる。

レナシリアだって、あのときから気持ちは変わっていない。アイリーという婚約者がいたから、伯父が罪を犯したから、そっと蓋《ふた》をしたのだ。

真っ直ぐにレナシリアを射ぬく深い青色の瞳には、一切の迷いも後悔もない。

「……お言葉は、嬉しいです。しかし、罪人を伯父に持つ私は……相応《ふさわ》しくないです」

「レナシリア嬢。相応《ふさわ》しい相応《ふさわ》しくないは関係ないよ。……君の気持ちを聞かせて。私は情けないし頼りないし……そんな私が嫌だというのならば、嫌だとはっきり告げて。……そうしたら私は……諦めよう。バレンディア男爵家の爵位もそのままにする」

ガレンの言葉にレナシリアはずるい、と思う。

そんなの嫌いなわけがない。ガレンはたしかに少し頼りないところもあるが、それは優しい性格からきているのだろう。

両親が亡《な》くなってから、伯父が罪を重ねてから、レナシリアは自分を律するために心を縛《しば》った。両親を失った悲しい気持ち、一人になった寂しい気持ち、そして……ガレンを愛しく思う気持ち……

それらを、ガレンの言葉が少しずつほどいていく。

何も言えずにきゅっと唇を引き結んでいると、レナシリアに両親の形見であるペンダントが渡された。ジャックに持たせたものだ。

「……お父様、お母様……」

古ぼけたペンダントは父が母に渡した初めてのプレゼントだったらしい。そのペンダントがレナシリアの手の中で、何かを伝えるかのように鈍く光る。そして、その瞬間――――……

――レナシリア、よく頑張ったね。でも、罪を必要以上に背負う必要はないんだ。

――あなたが幸せになることが、私たちの最後の願いよ……

大好きだった両親の声がたしかにレナシリアの耳に届いた。

「え……？」

驚く声が思わずレナシリアの口から発せられる。次いで、両親の優しい声に後押しされ……胸の奥底に押し込めていた色んな感情が一気に湧き上がり、レナシリアの薄い青色の瞳から涙がこぼれ落ちた。

一度解き放たれてしまえば……もう戻すこともできず、彼女の頬を次から次へと気持ちと共に出てきた涙が、濡らしていく。

「レナシリア嬢……」

「……私……ガレン様のことが好きです……。嫌いだなんて、言えるはずありません……」

殿下、ではなくガレンの名を口にしたレナシリアは、震える声で素直にそう告げた。

止めどなく流れ落ちるレナシリアの涙を、ガレンが優しく拭う。

「ごめんなさい……、止まらなく、て……」

「いいんだよ。……辛かったね、苦しかったね……。ごめんね、何もしてあげられなくて……ごめん」

ぎゅっとレナシリアを強く抱き締めたガレンの優しい声が、耳に届く。

何もしてもらえなかった、なんてことはない。心配だってしてくれたし、助けるために手を差し伸べてくれた。それを拒絶したのはレナシリアだ。

それでもガレンは約束通りジャックの話を聞いてくれたし、こうして倒れた自分を手厚く看病してくれた。

「そんなこと……ありません。私は充分、ガレン様に助けていただきました……。それに、こんな私を選んでくれました……」

ガレンの背に手を回して、レナシリアはそう言った。

何もかもを吐き出すかのように流れる涙は、彼女を前と同じただの十七歳の少女へと戻していく。

ガレンが泣き止まないレナシリアをなだめるために、彼女の背を優しくポンポンと叩く。

「レナ。誰よりも、君のことが好きだよ」

「ガレン、様……」

「だから、私を受け入れてくれて……好き、と言ってくれて嬉しかった。ありがとう」

どこか安堵を含んだ声でガレンから発せられた言葉に、レナシリアは背に回した手にきゅっと力を込める。

素直になってしまえば、簡単なことだった。ガレンはレナシリアを好きだし、レナシリアもまたガレンが好きだ。そんな二人の気持ちをすれ違わせたのは、野心のままに行動した伯父。

そう思うと、レナシリアは段々腹が立ってきた。

屋敷にいたときは怒りよりも両親を失った悲しみと、伯父の野望を阻止しなければという使命感の方が大きかった。こうして終わった後もレナシリアは熱にうなされていたし、阻止できた安堵で怒りの感情なんてなかったのだ。

「レナ……？」

涙が止まった代わりに、怒りに体が震える。優しかった両親を殺したこと、ガレンやアイリーに手を出したこと、レナシリアを追い詰めたこと……、思えば思うほど怒りが湧いてくる。

震えるレナシリアを心配したのか、ガレンがそっと体を離して顔を覗き込んできた。

「ガレン様……、私、伯父に会いたいのですが」

「レ、レナ……？」

「ふふっ。ガレン様と気持ちを通わせる前に……まだやらなければいけないことがありました」

背筋が凍るような冷たい微笑みを浮かべるレナシリアに、ガレンはびくりと体を震わせる。

やっとレナシリアの気持ちを聞けて、嬉しがるガレンの背筋を、一瞬にして冷やすほどの威力がある微笑みだ。

「……ガレン様」

「は、はい」

「伯父に会わせていただけますね？」

「……は、はい」

レナシリアの迫力に、ガレンは思わず頷いたのだった。

◇

「ほ、本当に会うのかい？」

「ええ」

「嫌なことも沢山思い出すだろうから、会わない方がいいと思うのだけれど……」

「いいえ。このことにしっかりとけりをつけないといけませんから」

ガレンの両親である国王も王妃も、レナシリアがそれでガレンとの結婚に踏み出せるのなら、と伯父との面会を許可した。

ガレンとしては、彼女が心配というのもあったが、何より雰囲気が怖かったので、あまり伯父とは会って欲しくない心境だったりする。

「レナシリア様、お連れしました」

牢番の騎士が縄で縛《しば》られた伯父を連れてきた。

げっそりとした様子の伯父は、レナシリアを見るとぎろりと睨みつける。

「レナシリア……！　なんでお前だけが……!!」

唾を飛ばしながら吐き捨てる伯父に、レナシリアはゆっくりと近づく。

そして、なんのためらいも手加減もなしに、パンッと伯父の頬を思い切り張り倒した。

伯父も、その場にいたガレンや騎士も予想外の行動にポカンとしている。

「両親を殺したこと、ガレン様やアイリー様に手を出したこと……許しません」

「お前……俺が殺したって知っていたのか！　それに、婚約者のことも……！」

「ええ、あなたが私の両親を病死に見せかけて殺したことも、アイリー様に毒を盛ったことも知っていました。……そして、あなたがいずれ私を殺そうとすることも、ね」

「ま、まさか……最初から、俺がお前に毒を渡すことを……」

レナシリアが何も知らないと思っていた伯父は、さっと顔を青ざめさせる。ようやく気づいたのだ。レナシリアがすべてを知った上で、伯父を追い詰めるために……ずっと耐えていたことに。

「……予定通りに毒を渡してくださったおかげで、あなたをこうして牢に入れることができました」

伯父は力をなくしたように膝をついた。小娘だと思っていたレナシリアに、完全に出し抜かれたのだ。

そんな伯父を見て、胸の中で暴れていた怒りがゆっくりと収まっていく。本当はもっと殴りたいくらいだが、それは我慢することにした。伯父はこれからずっと牢の中で、己の犯した罪を償い続けるのだから。

「ガレン様、ありがとうございました。もう行きましょう」

もう用はないとばかりにレナシリアは項垂《うなだ》れる伯父から視線を外して、ガレンに話しかけた。

そして、二人で伯父と騎士を残して、部屋を後にする。

長い廊下を歩きながら、レナシリアは深く息を吐き出した。

「会わせてくださってありがとうございました。……おかげですっきりしましたし、前に進めそうです」

「それは、よかった」

これで完全に決着がついた。すっきりとした気分で、隣を歩くガレンに視線を向ける。

これからガレンと共に歩んでいけるなんて、想像もしていなかった。少し速く鼓動を刻む胸に、レナシリアはそっと片手をそえる。

「レナ、部屋に戻る前に行きたい場所があるんだ。いいかな？」

「はい」

「……こっちだよ」

くるりと進行方向を変えたガレンの後ろ姿を見ながら、レナシリアは後に続く。さらさらと風になびく茶色の髪を眺めていると、廊下から庭へと景色が変わる。

「懐かしいだろう？　ここは君に初めて会った場所だよ」

今は昼間なのであのときとは雰囲気が違うが、たしかにガレンと出会った庭だった。

ここで彼が転んで泣いていたレナシリアに声をかけてくれたのだ。あのときからガレンの優しい性格は変わっていない。

「……お嬢様っ！」

「ジャック……！」

ふと、前方から見知った姿と声が聞こえた。走って向かって来たのは、ずっとレナシリアを支えてくれていたジャックだ。

走って来た少年をそのままレナシリアはぎゅっと抱き締める。

「よかった！　お嬢様、本当に無事でよかったです……！」

「ジャック……。心配かけてごめんなさい。そして、ありがとう」

強く抱きつくジャックの頭をレナシリアは優しく撫《な》でる。長い間、随分と心配させた。そして、ずっと味方でいてくれた少年に礼を伝える。

「レナ。ジャックだが、城で雇うことになったよ」

「え？」

「そうなんです！　お嬢様が嫁《とつ》がれるので、僕も城で雇ってもらうことになったんです！」

レナシリアがガレンに嫁《とつ》ぐと、バレンディア男爵家はなくなる。それに伴って、屋敷の使用人も解雇されるのだ。

男爵家を裏切った使用人たちに新たな職場が提供されるはずもなく、皆問答無用で追い出されたらしい。

ジャックだけはずっとレナシリアを助けてきたので、城で雇ってもらえることになったのだ。

ちなみに誰もいなくなった屋敷は、国の所有物になるらしい。

「そう……。ありがとうございます、ガレン様」

「ジャックは今回の件で信用できるって分かっているからね。それに、レナも一人くらいは顔馴染みの使用人がほしいだろう」

普通は結婚前に付いていていた侍女が共に来るのだが、レナシリアにはいない。それもあって、ガレンはジャックを城に置くことにしたのだ。

しかも、今までと同じ馬の世話役ではなく、ルイのもとで従者見習いとして働くことになったらしい。

「僕、頑張りますね！」

「ええ。あなたが立派な従者になる日を楽しみにしています」

「じゃあ、僕、ルイ様に会う約束があるので……お嬢様、殿下、失礼します！」

元気よく挨拶をして、ジャックは早足で去っていく。

レナシリアがその後ろ姿を微笑みながら見送っていると、手に温もりを感じた。視線を落とすと、ガレンの大きな手がレナシリアの手を包んでいる。

「レナ、少し歩こうか」

「……はい」

ガレンに手を引かれながら、レナシリアは歩き出す。

繋いだ手は子供の頃よりずっと大きく、少し筋ばっている。それに比べてレナシリアの手はずっと小さく、ほっそりとしたものだ。

その違いにどきりとしながら、ちらりとガレンを見上げる。

「ん？」

「な、なんでもありません」

ちょうどガレンと目があって、レナシリアは視線を逸らした。まるで初《うぶ》な少女のようだと、こっそりと苦笑いを浮かべる。

気持ちを抑えつける必要がなくなった今、あまり冷静でいられない。今までの分まで、ガレンが好きだという気持ちが溢れてしまうのだ。

「レナ」

不意にガレンが名前を呼んで立ち止まった。レナシリアもそれに合わせて足を止める。

するとガレンはレナシリアに向き合ってその場に跪《ひざまず》く。突然のことに驚いて彼の顔を見ると、真剣な色をした深い青の瞳と視線がぶつかった。

「レナ。こういうことはちゃんとするべきだと思ってね」

「ガレン様？」

「レナシリア・バレンディア。私、ガレン・アゼス・ベルトナは誰よりもあなたを愛し、これから先の未来をずっと、共に歩んで行きたいと思っています。……どうか、私の伴侶《はんりょ》になっていただけませんか……？」

それは、ガレンがレナシリアに改めて行った求婚であった。

真っ直ぐに射ぬかれて、レナシリアの鼓動が早いリズムを刻む。伯父との決着は先ほどつけたが、まだ彼の隣を歩いていいのだろうかと悩みがないわけではない。それでも……その気持ちよりも、ガレンが好きで、共に生きていきたいという気持ちの方が大きかった。

早いリズムを刻む鼓動と連動し、レナシリアの頬が熱を持つ。

「……はい」

そして、その気持ちに導かれるかのように……レナシリアはガレンに向かって静かに頷いたのだった。

◇

「レナ！　見てくれ！　可愛いなぁ……！」

暖かな日差しが差し込む庭で、手に持った紅茶を眺めながらぼんやりと昔のことを思い出していたレナシリアは、聞き慣れた声に顔を上げた。

いつの間にか椅子に座るレナシリアの横に来ていたガレンが、嬉しそうな様子で手に抱いた赤子を見せる。

「……ふふっ。本当に可愛いですね」

「そうだろう！　やはり、孫は何よりも可愛いな！」

祖父馬鹿《じじばか》が全開になっているガレンに、レナシリアはくすりと笑い声をこぼす。

今はレナシリアやガレン、息子であるレオンとその嫁のドロシー、そしてまだ産まれて数ヶ月の孫と庭でお茶会を行っていた。

レナシリアがガレンと出会い、求婚された……あの庭で。そのせいか、随分と昔のことを思い出した。

レナシリアは赤子からガレンへと視線を移す。

「ん？　なんだ？」

さらさらだった茶色の髪は歳を重ねてごわついているし、立派な顎髭《あごひげ》もある。顔だって苦労の分だけ皺《しわ》が深く刻まれていて、王子から王になって徐々に話し方も変わった。

それでも、優しい性格とあの深い青色の瞳だけは変わらないな、とレナシリアは思う。

「なんでもありませんよ」

懐かしい思い出に引っ張られて、これまでの色々な記憶が甦《よみがえ》る。

王妃となってからは、それはもう大変だった。命を狙われることもあったし、人を裁かなければならないこともあった。

今思うと、伯父のことがあったおかげで、それらを乗り越えられたのだと感じる。あれに比べればたいしたことなど、ほとんどなかったのだから。そう考えると、今までの人生の中で無駄なことは一つもなかったのだろう。

そして、冷静さと冷酷さを持ち合わせたレナシリアはいつしか、「氷の王妃」なんて呼ばれるようになっていたが、それはそれでやりやすいのでそのままにしていたりする。

ガレンは王としては優しすぎるので、レナシリアが冷たいくらいでちょうどいいのだと思う。

「ふぇ……」

「あぁ！　おー、よしよし。ほぉら、お祖父様だぞー」

じっと見つめてくるレナシリアに首を傾げていたガレンは、赤子が泣き出しそうになって慌ててあやし始めた。

レオンとドロシーの子は女の子で、尚更《なおさら》可愛いらしい。

「ふぇっぇっぇ」

「な、泣いてはいかんぞ……！」

「陛下、私が……」

「レナ！　頼む！」

赤子につられて泣き出しそうな表情のガレンに、レナシリアは声をかけた。彼はどこかほっとした表情を浮かべて、赤子をこちらにそっと預ける。

すっぽりと自分の腕に収まった赤子を、レナシリアはゆっくりと揺らしながらあやす。

「おぉ……！　泣き止んだ……！」

「陛下、大きい声はお控えください」

「す、すまん……」

しばらく優しくあやしていると赤子は泣き止んで、くりっとした深い青色の瞳でレナシリアを見つめた。何をやっても泣いていたレオンとは違う辺り、ドロシーに似ているのだろうかとレナシリアは思う。

「瞳が陛下とそっくりですね」

「そ、そうか？」

「ええ。……きっと優しい子になるでしょう」

「……レ、レオンのときのように、崖から突き落とすみたいなことはしない……だろう？」

どこか不安げなガレンにレナシリアは薄い青色の瞳を瞬《しばた》かせる。

レオンは彼に似て優しい子だったが、レナシリアがそれだけでは王はやっていけないと、色々と画策した。ガレンはそれを心配しているらしい。

「しませんよ。この子の育て方はあの子たちが決めることです。私は口出しいたしません」

「そ、そうか……。よかった……」

「……この子はどんな風に育っていくのでしょうね」

レナシリアは優しい声でそう呟いた。

そんな彼女に向かって赤子が小さな手を伸ばし、きゃっきゃっと笑い声を上げる。

ガレンと結ばれてレオンが産まれた。そして、そのレオンもまた愛する人と結ばれ、孫娘が産まれた。そうして紡がれていく幸せに、レナシリアは胸がいっぱいになる。

あのとき……伯父に屈せずにいたからこそ、レナシリアには今この幸せがあるのだ。

「おっ」

「あら……」

差し出されたガレンの指を小さい手で握り返した赤子に、レナシリアはガレンと顔を見合わせる。

「レナ……、なんというか……幸せ、だな」

「……ええ、そうですね、ガレン様」

そう言って二人は、同時に幸せそうな笑みを浮かべたのだった――……

番外編　夫婦の日常と新婚旅行

「……ん……」

レースカーテンから射し込む朝日に、レフィーナはゆっくりとまぶたを開けた。一番に視界に入るのは、ようやく見慣れてきた天井だ。

ヴォルフと結婚し、王城にほど近い場所にある新居で暮らし始めて、二週間ほど。今日は二人とも休みの日だった。

真横に顔を向けるとヴォルフの整った顔がある。しっかりと寝入っている彼の逞《たくま》しい胸がゆっくりと上下に動いていた。

「…………」

その様子をじっと見つめていたレフィーナは、ヴォルフを起こさないように、かなり慎重にベッドから抜け出そうと動き始めた。

「……レフィーナ……」

「うっ……」

しかし、残念ながらレフィーナの慎重さは無意味なことだった。眠たさを含んだ声で名前を呼ばれ、さらには引き締まった腕が腰に回される。そうなれば抵抗などする暇もなく、あっという間に布団の中に引き戻され、後ろからぎゅっと抱き締められた。

「レフィーナ……」

甘い声だ。

こうなったらもうレフィーナは大人しくしているしかない。

ヴォルフが優しい手つきで自分の髪を梳《す》くのを感じながら、小さくため息をついた。

「綺麗な髪だな……、あぁ……でも黒髪もよかった……」

「そう」

「……好きだ、レフィーナ」

髪を梳《す》いたせいであらわになったレフィーナの耳元でヴォルフが囁く。

思わずドクドクと早く動く心臓に手を添えると、今度はうなじに彼の熱い吐息がかかる。

「ん、ここは……甘い……」

ちゅっと軽く口づけて、ヴォルフが呟く。

少し体を震わせたレフィーナは、頬も耳も真っ赤だ。

ふと、腰に回っていた腕が外れ、その直後、後ろに引き倒された。再び天井を見ることになったレフィーナだったが、すぐにその視界は覆いかぶさってきたヴォルフに変わる。

「レフィーナの緋色《ひいろ》の瞳は綺麗だな。宝石みたいで……ずっと見ていられる」

そう言ってヴォルフはレフィーナの目尻に口づける。

そして、ふっと甘い微笑みを浮かべると、そっと彼女の唇を親指でなぞった。

「ヴォ……」

「ん……」

名前を呼ぼうとしたレフィーナだったが、ヴォルフの唇によって塞がれてしまった。

何度か啄《ついば》むような口づけをしたヴォルフは、満足そうに顔を離す。

「唇は何度でも味わいたくなるな……。もちろん、それ以外も……」

つぅ、とヴォルフの指がレフィーナの腰のくびれをなぞる。甘さの中に含まれた色気に、レフィーナはくらくらしそうだ。

しかし、そんな甘ったるいヴォルフは唐突に終わりを迎える。

「レフィー……」

突然、ヴォルフの体から力が抜けて、レフィーナの上にかくん、と力なく寄りかかった。

レフィーナはそんなヴォルフにやっと体の力を抜くと、長いため息をついてからころりと彼の体をベッドへと戻す。

「……はぁ」

やっとベッドから出られたレフィーナは、もうすっかり寝入っているヴォルフを見下ろす。

これは一緒に暮らし始めてすぐに分かったことなのだが、どうやらヴォルフは寝ぼけると、酔っ払ったときのようにデロデロに甘ったるくなるのだ。

そして、酔っ払ったときと同じく唐突に寝落ちする。

仕事がある日はシャキッと問題なく起きるのだが、休みの日は中々起きられないタイプだったのは、レフィーナにとってかなり意外だった。

そして、毎回あんな調子で、初めは抵抗していたものの、今は大人しく寝落ちするのを待っている方がいいと悟り、されるがままになっている。

「ヴォルフ、朝よ」

「…………」

一応、声をかけてみたが返事がない。

レフィーナは仕方ないなと笑いながら、寝室を後にした。

◇

「そろそろ起きてくるといいんだけど……」

朝食の準備を終え、レフィーナはぼそりと呟いた。

部屋の中にはいい匂いが漂っていて、彼女のお腹がくぅーと音を立てる。

「……くくっ……！」

「ヴォルフ！」

「ふっ……可愛い音だな……」

よりによって……というタイミングで、ヴォルフが起きてきた。

恥ずかしげにお腹を擦《さす》っているレフィーナにヴォルフは近づくと、彼女のこめかみに口づけを落とす。

「おはよう、レフィーナ」

「……おはよう」

レフィーナの不服そうな返事を聞いたヴォルフは、ぽんっと軽く頭に手を置いて顔を洗いに行ってしまった。

残されたレフィーナは、先に席について待つことにする。

「……本当に……毎回、毎回……覚えてないのよね……」

朝の寝ぼけたヴォルフの行動は、本人の記憶にはまったく残っていない。

いや、覚えていてほしいというわけでもないのだが、なんというか改善してほしいとは思う。朝からレフィーナの心臓を痛いくらいに速くする、あの行動を。

どうにかできないものかと悩んでいると、戻ってきたヴォルフが不思議そうな表情を浮かべながら席についた。

「どうかしたのか？」

「え？」

ぐるぐると打開策を考えていたレフィーナは、ヴォルフの声に、はっとして顔をあげた。それから曖昧《あいまい》な笑みを浮かべる。

「ちょっと考えごとをしてただけよ。さあ、朝食を食べましょう」

「……そうか」

ヴォルフ本人に説明したところで、記憶にないのではどうにもならない。

どうにかして彼が目覚めないようにベッドから抜け出す策でも考えるしかない、とレフィーナは結論を出して朝食を食べ始めた。

◇

談笑しながら朝食と片づけを終えて、レフィーナはぐっと伸びをした。

今日は特に何か予定を立てているわけでもないので、どう過ごそうかとぼんやりと外を見ながら考える。

「レフィーナ」

「ん？」

「少し出かけないか？」

「いいけど、どこに？」

朝食後すぐに外に行っていたヴォルフが帰ってきて声をかけた。

レフィーナは不思議そうに首を傾げる。

「少し森の方へ出かけようと思ってな」

「森へ？」

「ああ。馬を自由に走らせられる場所があるんだ」

ヴォルフの説明にレフィーナは納得して頷いた。

二人の新居には小さな馬小屋があって、ヴォルフが城からこちらに移るときに愛馬も連れて来ていたのだ。

馬がいれば緊急の召集のときもすぐに向かえるから、と。

その馬のストレス解消のために、人のいない森で思いっきり走らせてやろう、とヴォルフは考えているらしい。

「どうせなら昼食も持って行くか」

「そうね。じゃあすぐに準備するから、少し待ってくれる？」

「悪いな、頼む。俺は馬の準備をしてくる」

片手を上げてまた去って行ったヴォルフを扉が閉まるまで見送って、レフィーナも準備を始めた。

「ふふっ……」

ヴォルフと一緒に出かけられることが嬉しくて、レフィーナは笑う。

結婚して一緒に暮らすようになっても、好きという気持ちや、一緒にいられて幸せだという気持ちは一向に色褪《いろあ》せない。

「さて、準備ができたわね」

幸せな気持ちに浸りながら昼食の準備を終えたレフィーナは、それを持って外へと向かう。

タイミングがよかったようで、ちょうどヴォルフが馬の手綱を引きながらやってきた。

「おはよう、アートル」

馬の頬を優しく撫《な》でつつ、声をかける。愛馬のアートルは、元々はとんでもない暴れ馬だったらしいが、ヴォルフにだけはなついている。

そして、頭もいいらしく、主人の妻であるレフィーナにも気性の荒い部分は見せることはなかった。というよりむしろヴォルフよりレフィーナにデレデレしている雰囲気だ。

その証拠に自分から顔を彼女の手に擦《す》りつけている。

その様子を複雑な表情で見ていたヴォルフがボソリと呟く。

「……まさか、馬にまで嫉妬するはめになるとは思わなかったな……」

「ん？」

「……なんでもない」

ヴォルフの呟きはアートルの鼻息によって掻き消され、レフィーナには聞き取れなかった。

どことなく不機嫌そうなヴォルフに首を傾げる。

「どうかしたの？」

「別にたいしたことじゃない。ほら、踏み台用意したから乗れ」

「ありがとう」

レフィーナはヴォルフの手を借りて馬に横向きに乗ると、一旦預けていた昼食の入ったバスケットを受け取る。

ヴォルフはレフィーナの後ろに跨《また》がり、彼女を挟み込むように腕を回して手綱を握った。

「じゃあ行くか。ゆっくり行くから大丈夫だとは思うが、危ないと思ったらバスケットを投げ出して、俺にしがみつけ」

「くすっ。ええ、そうするわ」

ヴォルフの言葉にその場面を想像して、くすくすと笑いながら頷く。

残念ながらレフィーナはバランス感覚に優れているし、彼女が乗るとアートルは暴れるどころか、かなり丁寧に歩くのでそんなことは起こらなそうだ。

森へ向かう道中はどちらも話すこともなく、穏やかな日差しを楽しんでいた。会話がなくても二人の間に流れる沈黙は穏やかで、心地よい。

そんな風にまったりと移動していた二人は、目的の場所に着くと馬から降りた。

森の奥にある開けた場所には柔らかな草や可愛い花が咲いていて、風に揺られている。聞こえてくるのは風が揺らす葉の擦《す》れる音と、名前も知らない鳥の鳴き声だけだ。

「気持ちのいい場所ね」

「ああ。たまに城の馬も放しに来る場所だ。今日はいないけどな」

話しながらヴォルフはアートルに取りつけていた手綱を手慣れた様子で外す。

それが終わると、アートルは勝手に好きな場所に歩いて行き、柔らかな草を食べ始めた。

「しばらく雨も降っていなかったから、草の上に座っても大丈夫だぞ」

そう言ってヴォルフが草の上に腰を下ろしたので、レフィーナもそれに続いた。

「穏やかね……」

「ああ、そうだな……。城はなんだかんだ騒がしいからな」

騎士団の様子でも思い出したのか、ヴォルフはどこか疲れた風にため息をつく。

レフィーナはドロシーの専属侍女になってからは静かな場所にいることが多いが、男ばかりの騎士団にいる彼は騒がしい日常を過ごしているのだろう。何せ同期がアードで、上司がザックだ。

「騎士団では立場があるからな、いつも何かしら考えていなければならない。……たまにはこうして頭を空《から》っぽにしないとな」

ヴォルフはどさっと勢いよく上半身を草の上に投げ出した。寝転んでぼーと青空を見上げる彼に、騎士団にいるときの鋭い雰囲気はない。

「そうね。たまには何も考えない時間があってもいいわね」

隣で仰向けに倒れているヴォルフににっこりと笑って、レフィーナは頷いた。するとヴォルフがごろりとこちらに寝返りを打ち、レフィーナの手をきゅっと握る。どうしたのだろうか、と金色の瞳を見つめ返すと、ヴォルフがふっと口元を緩めた。

「レフィーナのことはいつでも考えてる。今、この瞬間もな」

甘く見つめられながら言われた同じく甘い台詞《せりふ》に、頬が瞬時に熱を持つ。

「顔、赤いぞ」

「……意地悪ね」

「思っていることを口にしたまでだ」

どことなくニヤついているヴォルフにレフィーナはため息をつく。

寝ぼけているときのとろとろに甘い姿も心臓に悪いが、時折こうして意地悪そうに甘くする姿にも同じくらい動揺させられる。

照れている自分を面白そうに見ているヴォルフに、レフィーナは少し悔しくなって仕返しをすることにした。

「……ヴォルフ」

「なんだ、レフィ……」

レフィーナは屈《かが》んでヴォルフの返事を遮《さえぎ》った。

やんわりと触れただけの唇をすぐに離して、レフィーナはヴォルフの顔に影を落としたまま、ニコリと笑みを浮かべる。

「仕返しよ」

驚きで見開かれた金色の瞳に満足したレフィーナは、上半身を起こす。

自分からキスをすることはほとんどないために、相当驚いたようだ。ヴォルフの頬や耳がほんのりと赤くなっているのを見て、レフィーナは笑みを深めながら緋色《ひいろ》の瞳を細めた。

「……してやられたな」

腕で赤くなった頬と耳を覆い隠したヴォルフがポツリと呟く。

「ふふっ」

「レフィーナ、膝、貸してくれ」

「膝？」

首を傾げている間にヴォルフが寝転んだまま、頭だけレフィーナの膝に乗せた。

膝枕をして欲しかったのか、と理解してレフィーナは小さく笑う。

それからレフィーナは、草を食《は》んだり駆けたりして自由に動くアートルに視線を移した。

「アートル、嬉しそう」

「ああ、そうだな。いい発散になるだろう」

レフィーナはアートルを見ながら、無意識にヴォルフの焦げ茶色の髪を撫《な》でているのに気づかない。優しい手つきで撫《な》でる彼女に、ヴォルフは金色の瞳を細めた。

「レフィーナ」

「ん？　あ、ご、ごめんなさい」

幼子にするようにヴォルフの頭を撫《な》でていたことに気がついて、レフィーナはぱっと手を離した。

「別に撫《な》でてくれてかまわないぞ」

そう言ってヴォルフは離れたレフィーナの手を掴んで、自身の髪に引き寄せた。

彼の大きな手に覆われた手を見て、レフィーナは笑みをこぼすと、言われた通りに撫《な》でるのを再開する。

「子供みたいね」

「そうか……？」

「ええ。ソラにもよくこうしてたわ」

「お前はいい姉だったたな」

「そう？」

「ああ。……きっと、いい母親にもなる」

すっと手を伸ばしたヴォルフに、頬をゆるりと撫《な》でられる。

子供ができて母親になるというのはまったくイメージが湧かないが、彼との子供ならきっと何よりも愛しい存在になるだろう。

「ヴォルフもいい父親になりそうね」

「……父親、か」

父親という言葉に、ヴォルフが苦々しい表情を浮かべた。プリローダにいる実の父親を思い出したのだろう。

そして、次の瞬間にはどこか不安げな表情に変わる。

「俺は……ちゃんとした親になれると思うか……？」

「どうして？」

「……母親も父親もろくな奴じゃなかった。……親の愛情を知らない俺が、子供にとっていい親になれる気がしない……」

「大丈夫よ。ヴォルフはザック様から愛情をもらってるじゃない。それに、私のことをとても大切にしてくれる。……ヴォルフなら誰よりもいい父親になれるわ」

不安げに揺れる金色の瞳を覗き込んで、レフィーナはしっかりと言い切った。

「ありがとう、レフィーナ」

不安が消えたのか柔らかく微笑んでそう言ったヴォルフに、レフィーナも微笑んだ。

まだ子供はいないが、いずれ恵まれたときにはきっと彼はいい父親になるだろう。こんなにも柔らかく優しい笑みを浮かべられるのだから。

「これからの未来も、楽しみね」

「ああ、そうだな」

少し先の未来に思いを馳《は》せた、そんな穏やかなレフィーナのとある一日の話。

◇

穏やかな日々から数週間後、レフィーナは馬車に揺られていた。

「……わあ……！　あれが、ヴィーシニアね！」

馬車の窓から顔を出したレフィーナは、見えてきた景色に興奮した声を出した。

そんな彼女に、隣に座っていたヴォルフがくすりと小さく笑う。

結婚式を終え、新しい家での生活も落ち着いた頃、ようやくお互いにまとまった休みが取れた二人は、ヴィーシニアに新婚旅行で訪れていた。

レフィーナがずっと行きたいと思い、結婚前にヴォルフと行くと約束していた、味噌《みそ》や醤油《しょうゆ》が特産品の隣国だ。

「レフィーナ、あまり顔を出すと危ないぞ」

「あ、そうね……」

ヴォルフの言葉にレフィーナは素直に顔を引っ込める。ニコニコと笑いながらヴォルフの方を見ると、口元を緩めた彼にくしゃりと頭を撫《な》でられた。

「?」

「いや、珍しくはしゃいでいるな、と思ってな」

「そ、そう?」

「ああ。……旅行先をヴィーシニアにして正解だったな」

いつもの鋭い雰囲気もなく、目元を和らげて優しく笑うヴォルフに、レフィーナは少し照れて頬に手を当てる。そこは少しだけ熱を持っていた。それを誤魔化すように再び視線を窓の外へと移す。

先ほど見えた景色がぐっと近づいていた。

「……それにしても、まさか……こんなにも日本みたいだとは思わなかったわね……」

ポツリとレフィーナは呟く。

窓から見えるヴィーシニアの中心部……王都は、レフィーナたちの国や、花の国と呼ばれる隣国プリローダとはまったく異なった雰囲気だった。しかし、雪乃としての前世があるレフィーナにとっては珍しいというよりは、どこか懐かしく感じる。

ガラガラと音を立てて馬車は王都の中へと入っていく。舗装《ほそう》された石畳《いしだたみ》の道を走る馬車の揺れに身を預けながら、レフィーナはじっと外を見る。

「これは……かなり変わっているな……」

隣からヴォルフの驚く声が聞こえた。

石畳《いしだたみ》の道の両脇には満開の桜の木が立ち並び、その木々の隙間から見える屋敷は趣《おもむき》のある日本家屋だ。おまけに道を歩く人々のほとんどが着物を着ている。

雪乃がいた時代よりももっと前の日本らしい景色は、ヴォルフにはかなり珍しいものだろう。どうやら神が気まぐれにヴィーシニアに流行《はや》らせたのは、味噌《みそ》や醤油《しょうゆ》といったものだけではなく、日本の文化そのものだったようだ。

二人してヴィーシニアの景色に夢中になっているうちに、目的の場所に着いたらしい馬車が一際《ひときわ》大きな揺れを残して止まった。

そして、その後に扉が外側から開かれる。馬車を降りたレフィーナとヴォルフは揃って驚いた表情を浮かべた。

「へぇ……」

「こ、これは……中々凄い宿ね……」

立派な旅館の入り口に向かって赤い灯籠《とうろう》が並び、建物の周りには立派な桜の木が何本も植えられている。

レオンとドロシーが結婚祝いとして用意してくれた宿は、二人の想像を軽く上回る高級なものだった。

「……せっかく用意してもらったしな……。とりあえず行くか」

「え、ええ。そうね」

少しだけそわそわしながら旅館に向かう。玄関は手入れが行き届いていて清々しい。そこに立っていた、美しい着物を着た女性がレフィーナたちを見ると、すっと頭を下げる。

雰囲気からしておそらく女将《おかみ》なのだろう。

「ようこそお越しくださいました。ヴォルフ様、レフィーナ様でございますね？」

「はい。これが紹介状です」

「はい……。間違いなくレオン殿下のお名前でご予約を承《うけたまわ》っております。さぁ、お部屋のご準備もできておりますので、どうぞこちらに」

レオンから受け取っていた紹介状を渡すと、それを確認した女将《おかみ》はニコリと微笑みながら、旅館の中へと入るように促した。

玄関には美しい生け花が飾られ、お香の香りがふんわりと優しく二人を迎える。

「お荷物はこちらの者がお部屋までお運びいたします」

玄関に気を取られている間に近くに来たらしい男性の従業員に、ヴォルフは持っていた荷物を預ける。

ニコニコと愛想のいい笑みを浮かべた女将《おかみ》の案内で、レフィーナたちは歩き始めた。

「今はサクラという花が見頃で、いい時期に来られましたね。……ほら、あのピンク色の花を咲かせている木ですよ」

廊下から見えた庭に心を奪われたタイミングで、前を歩く女将《おかみ》が少し振り返りながらそう言った。

ヴォルフが今知ったばかりの花の名前を口の中で転がして、桜を見上げる。

「他国の方からとても人気なのですよ。ご案内するお部屋でも堪能《たんのう》できますので、楽しみにしていてくださいませ」

「そうなんですね。……レオン殿下、とてもいい宿をご用意してくださったみたいね」

「ああ、そうだな。帰ったらまた礼をしないとな」

レオンに感謝しつつ、レフィーナはこれから向かう部屋がどんなものなのか、想像を膨らませる。

女将《おかみ》にヴィーシニアについて教えてもらいながら、廊下を進む。

「――ここがお泊まりいただくお部屋でございます」

桜花《おうか》の間と書かれた札がかかっている部屋の前で女将《おかみ》は立ち止まり、レフィーナたちの方に振り返ってそう言った。

それから女将《おかみ》は格子戸を開けて中に入ると、草履《ぞうり》を脱いで、こちらへ視線を向ける。

「ヴィーシニアではお部屋に上がるときはお履きものを脱ぐ習慣がございます。どうぞ、ヴィーシニアの文化をお楽しみくださいませ」

「へぇ、そうなのか……」

「分かりました」

感心したように頷くヴォルフに、レフィーナは少しだけ笑いながら靴を脱ぐ。

さすがにもう慣れたが、最初の頃は家の中でも靴を履くというのは中々抵抗があったな、と懐かしい気持ちになる。

二人が靴を脱ぐのを待っていた女将《おかみ》が、すっと丁寧な動作で桜が描かれた襖《ふすま》を開けた。

「どうぞ、中へ」

ヴォルフとレフィーナはなんとなく顔を見合わせてから、女将《おかみ》が開けてくれた襖《ふすま》から中へと入る。

広々とした畳《たたみ》の部屋の真ん中には、どっしりとしたテーブルと座椅子が置かれ、床の間には掛け軸と生け花が飾られていた。

「素敵な部屋ですね……！」

「当旅館の自慢のお部屋でございます。それに……どうぞこちらへ」

「何かあるのですか？」

ニコニコと笑う女将《おかみ》は部屋の奥に行くと、桜の見える窓の横にある扉を開けた。

外に出た女将《おかみ》に、レフィーナは首を傾げながらも後に続くと、驚いた表情を浮かべる。

高い壁に囲まれた庭、その角には大きく立派な桜の木が一本植えられていた。

そしてその下には露天風呂があり、散った桜の花弁が水面に揺れていた。

桜を満喫しながらお風呂に入れる贅沢《ぜいたく》なものだ。

「凄い……！」

「ぜひ夜は当旅館自慢のサクラと露天風呂を満喫してください。お運びしました荷物はこちらに置いてありますので。夜はお食事をお部屋にお持ちいたします」

「はい」

露天風呂に近づいていったレフィーナは、後ろでヴォルフが説明を聞いているのをどこか遠くに感じながら、屈《かが》んでお湯に触れた。

ちょうどいい温度のそれに、ほぉっと息を吐き出す。

ちょっとはしゃぎ過ぎている気がするが、ヴォルフと二人きりで旅行なんて初めてで少し緊張しているのだ。少しくらいテンション高めじゃないと乗り切れない。

もう二人で暮らしているが、旅行先だとまた違うように感じるのも原因の一つだろう。

「レフィーナ」

「あ……ごめんなさい。つい夢中になってしまって……」

両手でお湯を掬《すく》っていたレフィーナは、説明を聞き終えて戻ってきたヴォルフに少し頬を染める。

レフィーナが緊張気味なことなど知らないであろうヴォルフが、横から顔を覗き込んできた。

「移動で疲れたか？」

「……いいえ、大丈夫よ」

「そうか。……どうせなら、一緒に入るか？」

ぽそりと囁かれた言葉にレフィーナは驚く。夫婦とはいえ、さすがにそれは色々と恥ずかしすぎる、とヴォルフの方に視線を移した彼女は、次の瞬間には小さくため息をついていた。

理由は簡単で、こちらを見るヴォルフが意地悪そうな表情を浮かべていたからだ。

「からかっているわね」

「妙に緊張してるみたいだったからな」

その言葉にレフィーナは苦笑いをこぼす。どうやらバレバレだったらしい。

もう一度、手をお湯に浸す。

「……楽しい気持ちも勿論あるけど……それよりも二人きりで旅行って初めてだし、場所が違うだけでも……その、緊張するというか、いつも以上にドキドキするというか。……あぁ、幸せだなぁ……って感じるのよ」

ちゃぷちゃぷとお湯をかき混ぜて気恥ずかしさを誤魔化すも、やっぱりどこか照れてしまう。

「ねぇ、ヴォルフ。私、二人でヴィーシニアに来れてよかった。……ありがとう」

恥ずかしくてヴォルフの顔を見ることはできなかったが、微笑みを浮かべてそう伝えた。

今ではもう、彼以外が隣にいるなんて想像もできない。夫婦になってより一層お互いを知って、今までの人生の中で一番の幸せにレフィーナは満たされている。

「……はぁ……」

「ヴォルフ……？」

「……そんな可愛いことを今言うなんて……ずるい奴だな」

するりとお湯の中にあったレフィーナの手をヴォルフの大きな手が包み込んだ。そして、空いている手で肩を引き寄せられて、こめかみに柔らかなキスが落とされる。

「俺だって……お前といられて幸せだ」

やっとヴォルフの方へ顔を向ける。すると、今度は唇にキスが落とされた。すぐに離されたそれに、レフィーナが残念そうな表情を浮かべると、今度は噛みつくような少し乱暴なキスが与えられる。

「ん、ちょ……ヴォルフ……」

「……キス、だけだ。だから、もう少し……」

それからヴォルフが満足するまで、レフィーナは何度もキスを受け入れるのだった。

◇

ちゃぷりとお湯が揺れ、水面の桜の花びらがゆらゆらと流される。

亜麻色《あまいろ》の髪を上でまとめたレフィーナは、例の露天風呂に浸かっていた。

あの後は二人して照れて、そんな空気を変えるために旅館を散策した。色とりどりの花で色づいた庭は特に綺麗で、二人でゆっくりと見て回っているうちに、いつの間にか穏やかな空気に包まれていた。

どれくらいそうして散策していたかは覚えていないが、夕食の時間が来る前にと部屋に戻ってきたのが先ほどのことだ。

そして、夕食の前にこの露天風呂を堪能《たんのう》しようという話になり……

「まさか……本当に一緒に入るはめになるなんて……」

そう呟いてレフィーナは口元をお湯に沈める。

ぶくぶくと息を吐き出して、目の前を流れていく一枚の花びらを目で追う。

それから、すっと前方に視線を移した。

衝立《ついたて》で見えないが、その奥からは水が流れる音が聞こえてくる。その物音を掻き消すために、一《ひと》際《きわ》大きく息を吐き出して、ざばりと顔を上げた。それと同時に衝立《ついたて》の向こうでヴォルフが立ち上がって、レフィーナは慌てて視線を横に流す。見えたのは上半身だけだったが、それでも充分恥ずかしい。

「待たせたな」

濡れた髪を鬱陶《うっとう》しそうに後ろに撫《な》でつけながら、ヴォルフが風呂に入って来た。

二人共、しっかりとタオルを体に巻きつけているが、それでもレフィーナは心許《こころもと》なく感じる。

それならば断ればよかったのだが、珍しく……そう珍しくかなりしょんぼりとした表情のヴォルフに断りきれなかったのだ。……勿論、ヴォルフの策略だったのだが。

「温泉、だったか。中々いいな」

「……そうね」

ふぅ、と体の力を抜いてお湯に浸かるヴォルフに、レフィーナも少し体の力を抜いた。

風が吹くと、真上に広がる桜の木の枝から花びらが落ちてくる。

それが上を向いたヴォルフの鼻先に乗ったのが面白くて、レフィーナは思わず笑ってしまいながら、完全に力を抜いた。

「こういうのも、お前のいた世界にはあったのか？」

「ええ、あったわよ。というか、ヴィーシニアは本当に似ていてびっくりしたわ。……私のいたときより少し前の時代っていう雰囲気だけどね」

「そうか……。明日は色々と見て回ろうな」

「ええ。楽しみね」

ヴォルフの言葉に同意を示して、レフィーナも空を見上げる。

日が落ちて暗くなった空に、明かりで照らされた桜がよく映える。

美しい景色にレフィーナはゆるりと口元を緩めた。

「明日も楽しみだけど、夕食も楽しみね」

「ああ、そうだな。酒も旨いらしいから楽しみだ。……そういえば、お前は酒は飲まないのか？」

「え？」

「俺はまだお前が酒を飲んだところを見たことがないな、と思ってな」

空からヴォルフに視線を移すと、彼は不思議そうな表情でこちらを見ていた。

「嫌いなのか？」

「……そうじゃないわ。雪乃のときはそれなりに飲んでいたし。ただ、あちらの世界では成人は二十歳でね。なんか、その感覚から……その、悪いことをしてる気分になるのよ」

この世界ではもう酒を飲んでも問題ない年齢なのだが、雪乃の頃の感覚から飲んではいけない気がするのだ。酒が特別好き、というわけでもないので、なんとなく今まで飲まなかった。

「そうか……。だが、この世界ではもう問題ない年齢なんだし、せっかくだから少し飲まないか？俺も一人で飲むよりは、誰かと飲む方が楽しいしな」

「……そうね。少しだけ、飲もうかな……」

せっかくの新婚旅行なのだ。なるべくヴォルフの要望にも応えてあげたい。

そう思って、レフィーナはしっかりと頷いた。

一緒にお風呂に入っている状況も慣れてしまえば、なんてことはない。ゆったりと温泉に浸かりながら、こうして話をする時間はレフィーナにとって、とても心地のいいものだった。

◇

「美味しそう……！」

旅館の浴衣に身を包んだレフィーナは、目の前に並んだ料理の数々に目を輝かせた。

同じく浴衣を緩やかに着こなすヴォルフは、テーブルを挟んだレフィーナの正面で小さく笑う。

それから、手元にあったお猪口《ちょこ》を持ち上げた。

「レフィーナ、まずは乾杯でもしよう」

「……あ、そ、そうね」

「食い気たっぷりのところ悪いな」

クスクスと笑うヴォルフの言葉に、レフィーナは頬に熱が集まるのを感じながらも、用意されていたお猪口《ちょこ》を手に取った。

お互いにそれを静かに合わせて、そのまま口に運んだ。

久しぶりのお酒の味に、レフィーナは少し息を吐き出す。

「へぇ、癖がなくて飲みやすいな」

「ええ、美味しいわね」

「飲み過ぎそうだ」

「…………ほどほどにね」

飲み過ぎ、という言葉にレフィーナは苦笑いを浮かべる。なんせ、前回飲み過ぎたときというのが、酔ってレフィーナに告白した上で忘れたあのときなのだから。

それから談笑しながらご飯を堪能《たんのう》しつつ、お猪口《ちょこ》のお酒を飲みきった頃、レフィーナはとても気分がよくなっていた。ふわふわとした心地いい感覚に、へにゃりと口元を緩める。

ヴォルフに忠告しておいて自分が立派な酔っぱらいに成り果てていることには、残念ながら今のレフィーナは気づいていない。

「レフィーナ……、お前……弱いな」

向かいに座っていたヴォルフの言葉に、レフィーナはきゅっと眉を寄せる。

「よわくにゃいわ。……んぁ？」

自分ではしっきりと言ったはずなのに、口から出たのがへにゃへにゃの言葉で、レフィーナは緋《ひ》色《いろ》の瞳を瞬《しばた》かせた。まるで舌足らずの子供のようだ。しかし、酔っているレフィーナは次の瞬間にはどうでもよくなって……というか、むしろ面白くなってへらへらと笑う。

「なんら、ちゃん、と……しゃへれない」

「…………」

普段はきちんとしている分、隙だらけというか、ゆるゆるというか……そんな彼女の姿にヴォルフの頬も思わず緩む。

惚れている身のヴォルフとしては、普段とは違ったレフィーナのそんな姿がまた可愛かった。

「うぉるふ、もたのしぃーの？」

「ヴォルフって誰だ」

「う……うぉ……うぉるふ」

ヴォ、が言えないらしく、舌足らずのままなんとか口にしようとする。が、やっぱり言えない。

まぁいいか、とレフィーナはすぐに投げ出し、床を這《は》ってヴォルフのところまで向かう。

ゆらゆらと揺れる視界に少しだけ気持ち悪さを感じながら、レフィーナは首を傾げるヴォルフの首に両腕を巻きつけた。

「……相当酔ってるな」

「んー？　うぉるふ、も酔ってるー？」

「俺はそこまで酔ってない」

「んんー？」

ぐっと正面からヴォルフの顔を覗き込んだレフィーナは、へらりと表情を緩め、

「そうね……うぉるふ、酔っ払うと……キス、しようとするひ、恋人になりたいって……こくひゃく……しちゃう、ものね！」

……と、ヴォルフを固まらせるには充分な爆弾を落とした。

動揺して金色の瞳をさ迷わせるのを見て、レフィーナはケラケラと笑う。ヴォルフがかなり酔って告白してきたあの出来事は、ずっとレフィーナとドロシーだけの秘密にしてきた。

しかし、酔っ払った状態の彼女には、それを黙っているなんて理性は残念ながら、ない。

「ひっく……。しかもぉ……ぜぇーんぶ、忘れてたのよねぇ……。このいけめんっ」

「ちょっと待て。いつの話だ……？」

「……んー？　うぉるふがぁ……お姫しゃまだっこされたとき……！　井戸で会ったでしょー？」

説明しながらレフィーナはヴォルフの首から手を外して、肘《ひじ》を曲げて手のひらを上に向ける。

お姫様抱っこがよく分からなかったヴォルフだが、その仕草《しぐさ》ですぐに忌《い》まわしい記憶が甦《よみがえ》ったようだ。ダットにお姫様抱っこで運ばれて、騎士たちの笑い者になったあのときのことを。

ヴォルフは深いため息をついて、手のひらで顔を覆った。

「うぉるふー？」

「思い出した……。いや、悪いがそんなことをしたということ自体はさっぱり覚えてないが……いつかは見当がついた……」

「わたし、混乱して大変、らったんだからねー。どろしー、さまに……相談するくらいには！」

「うっ……。ドロシー様も知ってるのか……」

目の前でがっくりと肩を落としたヴォルフを他所に、レフィーナはふわぁと小さく欠伸《あくび》をする。

彼の苦悩など酔っ払いのレフィーナは気にもとめていない。それよりも急激に襲って来た眠気の方に困っていた。

まだこのふわふわとした心地よさを味わっていたいし、ヴォルフとも話をしていたい。

「うん……」

「レフィーナ？」

「うぉるふ……」

しかし、残念ながらレフィーナが睡魔に勝てることはなく、ゆったりと緋色《ひいろ》の瞳を閉じた。最後に見えたヴォルフの困った表情に、へらりとした笑みを残して、レフィーナの意識は深い眠りへと落ちていったのだった。

◇

かくりと力が抜けたレフィーナを片腕で支えて、ヴォルフは何度目かの深いため息をついた。お猪口《ちょこ》一杯の酒で酔って、ヴォルフにとってはできれば一生知りたくなかった話を暴露して、レフィーナは気持ちよさそうに眠りについている。

それを眺めながら、ヴォルフは思考を巡らせた。

あのときはたしかにかなり酔っていた。騎士たちとの飲み比べで相当な量を飲んだのは、はっきり覚えている。そして、レフィーナが心配した様子で現れたところも、覚えている。

が、その後の記憶は何もない。そこからダットに運ばれるまでの間に……やらかしたのだろう。

「……何やってるんだ、俺は……。本当に……」

キス未遂やら告白やらしたのに、翌日忘れているなんてどうしようもなさすぎる、と自分に呆れ返る。というか間抜けだ。

「悩ませて悪かったな」

頬を赤く染めてむにゃむにゃと幸せそうに笑みを浮かべるレフィーナに、今更ながら謝罪をして、優しく亜麻色《あまいろ》の髪を梳《す》く。すると、彼女が無意識に頭を手にすり寄せてきたので、ヴォルフは口元を緩めて笑うと、手元の酒をぐいっと呷《あお》ったのだった。

◇

――もう二度とお酒は飲まない。

それが、朝目が覚めて、レフィーナが一番に思ったことだった。

「今回ばかりはヴォルフが羨ましい……」

もぞもぞと布団の中で丸くなりながら頭を抱える。

残念ながらレフィーナは昨日のことを全部覚えていた。……そう、全部だ。

お猪口《ちょこ》一杯で酔っぱらってふわふわふにゃふにゃしていたのも、ヴォルフが忘れていたことを暴露したのも全部覚えている。今だけは、ヴォルフの泥酔《でいすい》したら忘れる癖が羨ましくて仕方がない。

いつまでもこうして布団の中に潜っているわけにもいかない、とレフィーナは一息ついて、そろりと布団から顔を覗かせた。

「……ヴォルフ……？」

体も布団から抜け出して部屋を見回すが、ヴォルフの姿はない。

テーブルの上は綺麗に片づけられているし、レフィーナが寝ていた布団の隣には畳《たた》まれた布団が置かれている。どうやら自分が眠ってしまった後、ヴォルフが全部やってくれたようだ。

一先《ひとま》ず着崩れた浴衣を整え終えたところで、からりと扉の開く音が部屋に響いた。

「あ……」

「……ん？　起きたのか」

どうやら露天風呂に入っていたらしい。湯気を伴って部屋に入って来たヴォルフは、レフィーナを見ると微笑みを浮かべた。

「おはよう、レフィーナ」

「お、はよう……」

気まずさやら気恥ずかしさやらで思わず視線を逸らしながらも、レフィーナはなんとか挨拶を返す。

「あの、ヴォルフ……」

「なんだ？」

「き……昨日のことは……忘れて……」

ヴォルフはかなり飲まないと記憶を失わない。絶対に昨日のことを覚えているであろうヴォルフに、レフィーナは呟くように伝える。

しかし、一向に返事がなく、そろりと視線をそちらに向けた。

なぜかヴォルフは、顔を手のひらで覆っている。

「……悪い」

「？」

「いや……その……酔って迫った挙げ句、忘れて……悪い」

やはり昨日のことをばっちり覚えていたヴォルフが、どこか自分自身に呆れた様子で謝罪してきた。

「あ……それは、もう昔のことだし……。……じゃあ、お互い様ということで……終わりにしない……？」

酔っ払うと碌《ろく》なことにならない、と夫婦揃ってため息をついて苦笑いを浮かべた。

「そうだな……」

「せっかくの新婚旅行だし、今日も楽しまないとね！」

「ああ」

それからレフィーナたちは美味しい朝食を堪能《たんのう》し、旅館が用意してくれた着物に着替えて観光に出かけた。

「この服は動きにくいな」

旅館から少し歩いたところで、ヴォルフが呟く。

ヴォルフが着ているのは無地の黒色の着物だ。普段着ている騎士の服とはだいぶ違うので歩き辛いらしい。

「お前は歩き辛くないのか……？」

レフィーナの着ている緋色《ひいろ》の着物に視線を落として、ヴォルフが問いかけてきた。

その問いにこくりと頷く。前世では、よく祖母が着物を着せてくれたのだ。別に着物が好きだったわけではないが、嬉しそうに着つけてくれる祖母のために着ていた。

「雪乃のときに着たことあったから。こっちに来てからは初めてだけどね」

「そうか……。俺はいつもの服の方がよかったか。これじゃあ、何かあってもお前を守り辛い……」

「ふふっ。せっかくの旅行なんだし、よく似合ってるからいいと思うわよ」

眉間に皺《しわ》を寄せたヴォルフに、くすりと笑いながらレフィーナが褒める。

「……なら、今日はこれで過ごすか……」

腰帯に差した剣の柄《つか》を撫《な》でながら、渋々とヴォルフが呟いた。それからふと思いついたように、繋いでいたレフィーナの手を軽く引くと、顔を覗き込んでにっと意地悪く笑う。

「でも、俺よりもお前の方がよく似合っていて、可愛いな。……できれば誰にも見せずに、閉じ込めたいくらいに、な」

その言葉に一瞬で頬が熱を持つ。それを見たヴォルフは、満足した様子で笑い声を上げながら視線を前に向けた。

「…………」

「一応言っておくが、本心だからな。まぁ、さすがに閉じ込めたりはしないが」

いつもよりも楽しそうなヴォルフに、からかわれたレフィーナは小さくため息をついてから笑みを浮かべた。

それから、前を歩いていたヴォルフを追い越すと、ぐいっと彼の手を引く。

「……さあ、ヴォルフ。行きたいところは沢山あるんだから、付き合ってね」

「……ああ。好きなだけ付き合ってやる」

「その言葉、忘れないでね」

レフィーナはふわりと笑うと、早速ヴォルフの手を引いてお店の中へと足を踏み入れる。

見たいもの、食べたいもの、買いたいもの……沢山のしたいことを思い浮かべると楽しくなってきて、レフィーナは頬を緩めたのだった。

◇

レフィーナはヴォルフに宣言した通り、それはもうあちこち遠慮なしに連れまわした。

今は可愛い雑貨が沢山置いてある店で、レフィーナはあるものをじっと眺めていた。

「レフィーナ、それが気に入ったのか？」

「……え、ええ……そうなんだけど……」

繊細な模様が美しい、青色と赤色の二つの切子《きりこ》グラスを眺めていたレフィーナは、声をかけてきたヴォルフに視線を移した。

「綺麗だな」

「そうなの。でも、高くて」

「……たしかにそうだな」

グラスの横に置かれた値札には結構な額が書かれていた。おそらく下流階級というよりは、上流階級向けの商品なのだろう。

とはいえ、頑張れば買えない値段ではない。だが、すでにお土産《みやげ》やらでそれなりの金額を使ってはいるので、これは素直に諦めた方がいいだろう。

「買うか」

「え？　……でも、大きな出費になるわよ。もう少し手頃のものを探してみない？」

「これが気に入ったんだろう？」

「それは……そうだけど……」

ちらりと切子《きりこ》グラスに視線を移したレフィーナに、ヴォルフは優しい笑みを浮かべた。

「新婚旅行の記念に、ペアで買おう」

「でも……」

「レフィーナ。もちろん金は大切だし、無駄使いは控えた方がいい。だが、思い出にくらい金をかけてもいいと思う。俺はレフィーナがこうして気に入ったものをお揃いで買って……帰った後もこれを眺めて、今日のことを思い出したい」

「ヴォルフ……」

「それに、帰ったらしっかり働くから大丈夫だ」

迷っていたレフィーナの背を押す言葉にゆっくりと頷いた。それからふわりと笑う。

「ありがとう、ヴォルフ」

「帰ってから使うのが楽しみだな」

そう言ってヴォルフは店員を呼ぶと、切子《きりこ》グラスを買うことを告げた。

店員はニコニコと愛想のいい笑みを浮かべて、丁寧な手つきで切子《きりこ》グラスを取り上げカウンターへと持っていく。

ヴォルフが支払いを済ませ、店員がレフィーナに包んだ品物を渡す。

「さっきお話を少し聞いていましたが、いい旦那様ですね」

「え……」

「お二人とも……とっても可愛らしいご夫婦でいらっしゃる」

思わぬ誉め言葉に、レフィーナは少し恥ずかしそうにしながらも笑って礼を言うと、店員に見送られて店の外へと出た。

先に外に出ていたヴォルフが何も言わずとも、すっと手を差し出してくれる。

それに自分の手を乗せると、自分よりも大きな手がきゅっと優しく掴んだ。

「ふふっ」

「どうかしたのか？」

「……なんでもないわ」

いつの間にか二人でいるときはこうして手を繋ぐのが当たり前になった。付き合っているときも、夫婦となった今でも。

それが嬉しくて、思わず笑みがこぼれたのだ。

「店員さんがね、いい旦那様ですねって言ってたわ」

「そうなのか？」

ヴォルフの手を緩く握り返し、レフィーナはゆっくりと歩き出す。

「ねえ、ヴォルフ」

「なんだ？」

ふと強い風が吹いて、道に沿って植えられていた桜の木から沢山の花びらが空に舞う。

美しい光景に思わず見惚れながら、レフィーナは言葉を紡ぐ。

「また、来ましょう。いつか……二人じゃなくなったときに……」

「レフィーナ……」

「家族が……増えたときに、変わらない気持ちのまま……また来ましょう」

レフィーナはヴォルフのことを愛している。

そして、ヴォルフもまたレフィーナのことを愛している。

そんな二人の間に小さな家族ができたとき、今と同じ穏やかで愛しい気持ちを抱きながら……こうして、この道を歩きたい。

「家族が増えても、二人のままでも……俺もお前も、きっといつまでも気持ちは変わらないさ」

「ヴォルフ……」

「……約束する。また、いつか……俺は今以上にお前も新しい家族も愛しいと思う気持ちを持って、ここに共に来る。連れて来て、やる」

少し恥ずかしそうにしながらも、ヴォルフはレフィーナの緋色《ひいろ》の瞳を真っ直ぐに見つめてはっきりとそう言い切る。そして、口元を緩めて幸せそうに笑う。

そんなヴォルフを見つめて、レフィーナもまた幸せそうな笑みを浮かべる。

きっとそう遠くない未来に、新たな気持ちを育《はぐく》みながら……またこうしてこの美しい桜を見上げるときが来るだろう。

そんな幸福に満ちたレフィーナたちの未来を示すように、風に揺られた桜の花びらが優しく二人の頬を撫《な》で、青空へひらりと大きく舞い上がった――……

原作：青蔵千草
漫画：秋野キサラ
Presented by Chigusa Aokura
Comic by Kisara Akino
RC Regina COMICS
大好評発売中!!!!!
シリーズ累計20万部突破!(電子含む)
異世界で失敗しない100の方法 1~4
攻略マニュアル系ファンタジー
待望のコミカライズ!
アルファポリスWebサイトにて
好評連載中!
就職活動が上手くいかず、落ち込む毎日の女子大生・相《そう》馬《ま》智《ち》恵《え》。いっそ大好きな異世界トリップ小説のように異世界に行ってしまいたい……と、現実逃避をしていたら、ある日、本当に異世界トリップしてしまった!この世界で生き抜くには、女の身だと危険かもしれない。智恵は本で得た知識を活用し、性別を偽って「学者ソーマ」になる決意をしたけど——!?
B6判／各定価：本体680円＋税
アルファポリス 漫画
検索
青蔵千草
秋野キサラ
異世界で失敗しない100の方法
男装女子大生、騎士様と共に謎に包まれた精霊の賢妃を追え!
20万部突破!!
攻略マニュアル系ファンタジーコミカライズ!

この作品に対する皆様のご意見・ご感想をお待ちしております。

おハガキ・お手紙は以下の宛先にお送りください。

【宛先】

〒150-6008 東京都渋谷区恵比寿4-20-3 恵比寿ガーデンプレイスタワー8F
（株）アルファポリス　書籍感想係

メールフォームでのご意見・ご感想は右のＱＲコードから、
あるいは以下のワードで検索をかけてください。

アルファポリス　書籍の感想　検索

ご感想はこちらから

本書は、「アルファポリス」（https://www.alphapolis.co.jp/）に掲載されていたものを、
改稿、加筆のうえ、書籍化したものです。

悪役令嬢《あくやくれいじょう》の役割《やくわり》は終《お》えました2

月椿（つきつばき）

2020年 6月 30日初版発行

編集－古内沙知・宮田可南子
編集長－太田鉄平
発行者－梶本雄介
発行所－株式会社アルファポリス
〒150-6008 東京都渋谷区恵比寿4-20-3 恵比寿ガーデンプレイスタワー8F
TEL 03-6277-1601（営業） 03-6277-1602（編集）
URL https://www.alphapolis.co.jp/
発売元－株式会社星雲社（共同出版社・流通責任出版社）
〒112-0005 東京都文京区水道1-3-30
TEL 03-3868-3275
装丁・本文イラスト－煮たか
装丁デザイン－AFTERGLOW
（レーベルフォーマットデザイン—ansyyqdesign）
印刷－中央精版印刷株式会社

価格はカバーに表示されてあります。

落丁乱丁の場合はアルファポリスまでご連絡ください。

送料は小社負担でお取り替えします。


ISBN978-4-434-27348-3 C0093